獻給世界各地，所有的母親

我媽的寶就是我

陳文津

悅知文化

—前言—

不懂有什麼好寫

「女兒是個怎麼樣的人呢？」

有人問我媽，本來在旁邊滑手機的我，聽媽媽回答：「她很努力，出書的事情也是，想做的事不會半途而廢。」但明明平常在家說妳很懶惰，結果說努力是哪招。講到她丈夫，也就是我爸，也用「勤勞」來形容，「他工作很辛苦，可是還要撿破爛回家。」完全沒提到大量的雜物造成她困擾，但報喜不報憂，這大概才是正常人面對攝影機的態度。

我的客家話聽力也是在這種氣氛鍛鍊出來。我小的時候，媽媽會跟海洋另一端的妹妹，也就是我阿姨說，我考上什麼學校，學費多少，最近得了什麼獎。但阿姨感到奇怪，爲什麼有人大學畢業不去工作、做生意，卻要讀碩士？我媽說，妳不懂啦，我錢太多，更有錢還要送女兒出去讀博士。等阿姨的小兒子讀完餐飲學校待在家，才換我媽說，有錢爲什麼不開家甜點店？姊妹互虧，現在都上了子女這條賊船。

我很努力嗎？說不定是，有時覺得自己努力到應該做經紀人。但要說懶惰更可以，到底我爲什麼完全沒得到媽媽廚藝眞傳呢？我想，就是因爲有本錢懶——自己煮，沒燙出幾條疤怎麼可能出師？就像最重要的事，總可以拖到最後、最後的最後。就算知道拒絕心肺復甦術同意書很重要，我就是沒去註記健保卡。

我有一把彩虹傘，是朋友Ｒ出國買給我的。偶然看到巴西同志遊行的新聞，隔天說好我們一定要去台北同志遊行，結果過了十年，我還沒去。Ｒ跟男朋友分手，交了女朋友，另一個誰也結婚去了。每次雨天，我就自己打把彩虹傘，一個人遊行。算了，朋友都知道我懶惰。

我媽這個「努力又勤勞」的說法，到底是說誰？我想是她自己。從童年開始，早起賣菜，忍受父親也就是我外公的辱罵詛咒，有錢才買布做衣服，更有錢就買機票逃來台灣。但我沒賣過菜，沒量身做過衣服，唯一能催促我早起的動機是二手衣——一千塊能在福和橋下做大戶，賣舊衣大姊問我：「妳是賣衣服的嗎？」當然，我本來也擔心都市傳說，穿到死人衣服會衰，古著少女告訴我：「衰的時候我都去行天宮拜拜。」我被她的神邏輯說服。從此，不再關心流行，球來就打，買了就穿，裙子也ＯＫ。

媽媽看我買來的破爛，打開衣櫃，說這件你試試看，以前我只知道那裡放了存摺印章和鈔票，沒想到衣服剛好合身。讓我更驚訝的是，原來她以前眞的這麼瘦。她說過自己營養不良，以前才三十五六公斤，但自我有意識以來，她都穿三十二腰的褲子。

這件二手衣，從布料到成衣，裝過一個很瘦的少女——不就好險我瘦，別人一定穿不下。現在她變胖了，變成我媽媽，好像也不是那麼糟糕，因爲媽媽應該成爲她想成爲的大人了，也實踐了自己少女時代的承諾。她不像她的父母那樣，她不要的惡意，也沒有丟到我這邊。

我不懂媽媽有什麼好寫，但大家好像都想聽，有人問，爲什麼我寫媽媽的文章，不像寫爸爸那樣多呢？明明相處的時間很多，但我還是懶得寫，因爲都明明白白地擺在那。過了很久以後，我才懂得媽媽所給我的一切，不需要透過寫作證明。寫作是爲了確定、爲了辯證、爲了探問而存在的，而不想寫的時刻，才是人生中眞正的至福時刻。

目錄

第二幕—那些在我旁邊的人們呀～

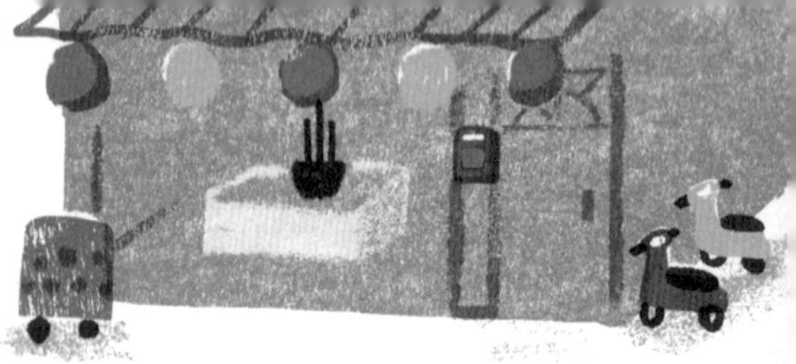

第三幕｜她們往哪裡去？

第一幕

我從哪裡來？

長大以後，我才知道有很多人像我一樣，覺得自己是從垃圾堆撿來的。我們的童年還沒有垃圾不落地政策，垃圾堆就是我爸的二十四小時不打烊百貨公司。淡水河的二重疏洪道充滿了各種傳說，三重隨便兩條巷子六間宮廟的超高密度更是坐實了這想像。那些不得疼的孩子在親戚家作客，親生父母離開前，會在孩子們面前，跟叔叔阿姨開玩笑：「要不要留下來啊？」而小孩也認真考慮了：「我可以去別人家、做別人的孩子嗎？」

從我出生以前開始，我媽就牢牢記著那個故事：有

我媽的寶就是我

一天她大著肚子在工廠跌倒，從樓梯滾下來，但沒人看到，自己就拍拍屁股站起來了。仔細想想，她沒流產，而我也活著，這的確是一件不可思議的事。

這世情沒那麼糾結。有或無，沒什麼了不起。

媽寶

我是我媽的寶，我一直都知道。

小時候，我常常戴著瑪瑙手鐲，也戴過鯉魚形狀的玉佩，穿紅線繞脖子，聽說玉會隨著主人磁場改變，沒事就掏出玉佩來看看。還有刻了農曆生辰的生肖金鎖片，有陣子流行把金箔加進食物，我就把金鎖片放進嘴巴，有紅線綁著不怕吞進去，用舌頭感覺鎖片浮凸的牛和邊緣的花紋。金鎖片有一種鹹味，我以爲這是999純金的味道，外面那些金箔都是騙人的，現在回想，那鹹味是我自己的汗。

瑪瑙手鐲在我打板擦的時候碎了，一塊塊撿回家。鯉魚玉佩比我更早撞上桌角，尾巴斷了。可跟我最久的金鎖片，敲不壞、打不爛，只是有點軟軟的，像是夏天的巧克力。這樣的金鎖片，竟然也消失了。這些屬於小孩的護身符，我長大後全不知道哪裡去了，也想不起來最後一次佩戴是什麼時候。

每次東西壞了，就要到夜市買新的，好像這些東西替我阻擋原本的厄運。也確實，如果我記得手上和脖子戴的東西，玩的時候也會減輕力道，像個不那麼野的孩子。

逛夜市，是我媽的第凡內早餐，只是她沒穿著黑色小洋裝，沒人關心她穿什麼，結局總是跟小販老闆討價還價，便宜十塊也好，二十塊更好。這一切的努力，可能是她跟臺灣眾神不太熟，只好用夜市時尚保護孩子平安長大。

我也沒做過花童，唯一的邀請是我爸工作的餅店老闆來問。餅店老闆娘還說，小孩來就好了，媽媽不用去，而且是——不准去！

「婚禮人那麼多，小孩被湯燙到怎麼辦？」我媽到現在還在說。

「可能喜酒一桌幾萬塊，妳吃了她划不來？」但哪有請花童，不請花童媽媽的道理？再說，我爸的紅包向來讓人賺到有剩，因爲這些老兵到台灣，沒有父母也沒有手足，同鄉的兄弟就是他的一切。

「我不要吃，只要看到小孩就好。」我媽說。

事情不是禮金這麼簡單。

那位老闆娘常說，我不是我爸的親生女兒，因爲我爸是榮民，年紀太大，五十八歲那年才生我；我媽來的地方太遠，沒人知道印尼到底在哪裡。那時候又沒有平價的ＤＮＡ親子鑑定。我媽回得也俐落，「我知道妳做什麼工作，知道妳的小孩都不是老闆親生的。」

現在我長大了，媽媽說，她知道的是，老闆娘曾經從事風化業，孩子生了好幾個之後才跟老兵結婚。

這是兩個女人的交戰。

原來不只我家沒有親戚，在台灣土生土長的餅店老闆娘也沒有，就算有，可能也不相往來。所以找花童才會找到我身上。

當初媽媽選了一個沒有婆家的老兵結婚，但妯娌的猜忌，一樣沒少。

剛才，媽媽忽然想通老闆娘二十年前爲什麼不准她去了：「會不會是看妳可愛，想賣掉妳，又不能讓我知道？」

我發現人做了媽媽以後，不但覺得全世界自己的孩子最可愛，也絕對不准孩子受到一點傷害。小孩是媽媽的寶，就算本來不是寶，因爲得來不易，養的時候更不容易，不是寶也變成了寶。數著一個月、一歲、五歲、十歲，就怕這個寶傷了、壞了、不見了，那樣的恐懼甚至在孩子長大以後，依然不會消失。

我的寶物

到了小學高年級，我還會扯動嬰兒床頭常掛的藍色大象塑膠娃娃，這是我的計時器。每拉一下，它就會唱一首搖籃曲，時間剛好讓我能寫完一行甲乙生字生詞本。等功課寫完，音樂停了，我就去打電動。

到現在，我媽還是不知道我是這樣寫完功課的。只知道一個嬰兒玩具，古怪地吊在小學生的書桌旁邊。

那是一種屬於我的專注儀式，也是我的第一個寶物。

○○○

在我家，很難分辨東西是撿來的還是買的，因為我爸熱愛撿破爛，從街上撿來各式各樣的東西，而我們就從那裡面判斷事物的好壞。質料好的，有時比從菜市場千挑萬選的還好，好到不明白別人為什麼要丟掉。但既然到了我們手裡，那就是我們的，洗了就穿了。現在我爸都過世十多年了，但他撿來的紅色盜版米奇睡衣我還是常常穿。

我的玩具通常固定放在床底下，用大鋁盆裝著，要玩的時候從床底下拖出來，不玩的時候就全部丟進鋁盆推回床底下。更高級的樂高積木則是用原廠紙盒裝著，放在塑膠製電視櫃下方。只要有鄰居孩子願意跟我玩，我就會把玩具從某個角落拖出來。

不寫功課的時候，也會把習題往床底深處丟。

後來，看到整理師提倡孩子要有自己的玩具箱，兄弟姊妹也應該一人一箱，不把玩具混在一起，省得有爭端，我才想起那個鋁盆大得誇張，都可以放個大人在裡面洗澡了。

現在那個床底的夾縫，當然沒有我的玩具，鋁盆也拿去陽台給我媽洗衣服了。只有掃地機器人時不時去拜訪。

。。。

床上是我一個人玩的基地。

把棉被捲起來形成屏障，布偶則從透明塑膠袋中拿出來，有的是送的、有的是撿的，床上的枕頭按照劇情需要擺放，陽光從左邊的窗戶射進來。白天的床完全都是我的，吃完飯再回來玩也沒關係，一切都維持原狀。

長大一點，只要我寫作文或作業卡了關，就跑到床上繞著圈子，床是這個家中的制高點，可以看清楚房間的一切，又比任何地方都靠近天花板，終於想到該寫什麼，就從床上跳下來，很快就寫完了。所以我一點都不覺得做功課很辛苦。

反倒是長大以後，覺得床太軟，必須保持絕佳平衡感，才能在上面走路，難怪我每一步都必須要專注，但我的步伐也變寬了，這時的床也從大人的雙人床，變成我的單人床，一點都不適合走動。

。。。

努力從自己小小的腦袋挖出解決方法、想出下一句要寫什麼，比起上網找尋關鍵字使用別人的說法，來得快樂多了。就像解題的時候，自己找到某種規則，而不是偷看解答。即使結果都一樣，但只要動念搜尋了，就輸了，其實你並不相信自己的直覺。每點擊一次連結，就懷疑自己一次，原本只是想在搜尋的過程中，找到跟自己一樣的想法，感覺一點點肯定。但如果找不到，就算幸運地沒被其他關鍵字帶走注意力，也可能陷入更深的否定。

沒有人跟我一樣，就算在這廣大的網路世界。

我所擁有的事物，不是那麼了不起的東西，會被人看見並記述下來的。這樣一想，那就連最初的發問都算了。漸漸地，不去問問題，別人說什麼，就當做是那樣了。

。。。

過年前，媽媽會帶著我去美髮院排長長的隊，想在一年之初擁有最新的造型。媽媽有高高的半屏山瀏海，我的辮子會黏上金色膠帶，濃重的髮膠味比年菜更早進了家中。而我拼著十天不洗頭，得意洋洋，萬分不捨才拆掉了美髮店綁的紮實辮子——緊到頭皮發紅發癢。後來我嘗試過燙捲、染紅、漂金，每一次進美髮店，就像是與過去的自己告別。

長大以後才知道，那些手腳麻利的洗頭妹多半是離家背井，找個包吃包住的工，沒人知道她們什麼時候回家過年，是不是還有力氣替自己梳妝打扮？

我決定留長髮，大概是五年級的時候。因爲小的時候，夏天一到便容易長痱子，頭髮只能長到耳下一公分。我從來都沒留過長頭髮，但總覺得髮飾很厲害，買了各種髮飾，放在一個粉紅色的盒子裡。

那是一個兩層的醫藥箱，放著我所有的髮飾。

我記得每個髮夾的價格，每晚都會思考，隔天早上要戴哪個出門，想好了，就把它放在第一層，一打開就可以看見的地方。第一層是一軍，第二層是二軍。最貴的我反而很少戴。最便宜的，是個塑膠製的紫色螺旋髮夾，因爲不怕弄壞，懶得選就用那個了。結果成爲我照片中最常出現的配角。

最近的某天，我在那個盒子裡，發現一條手帕，那是我第二喜歡的手帕。幼稚園的我習慣幫周遭物品排名次，第一喜歡的只在特殊的時刻使用，但我現在想不起來第一喜歡的手帕花樣了，因為第二喜歡才是我最常用的。上了小學之後不用檢查手帕，也就忘了這個東西的存在。

盒子裡的東西越來越少，因爲我關心的東西都在別的地方，最後，連這個盒子本身都不知道丟到哪裡去了。想跟別人一樣留長髮的我，那時候不知道自己適合什麼，只會替這些物品排列順序，總覺得世界很遼闊，每一種都想嘗試看看。

○○○

媽媽總是說，我抓周的時候抓的是筆，所以只要出了最新、同學們之間流行的筆，我都會買，她也讓我買。

但我那支果凍綠的自動鉛筆，用不到一周就不見了，我找了一兩天，某天在教室的鐵櫃下方看到，同款但卻是淡橘色的筆。就像是金斧頭、銀斧頭的故事一樣，這不是我當初掉的筆，但拿了這支，我就能說服自己，不用再找了。我認定這是屬於我的筆。

不久後，另一個同學問我，「這是你的筆嗎？」我說是。她有點懷疑，問我什麼時候買的。時間、地點，這些細節我都有。她很失望，我懂得她的失望，她還得繼續找下去，回憶自己在這段時間去了哪些地方，做了哪些事。但我也不懂她的這支筆究竟是怎麼跑到櫃子下面，還沾滿了灰塵。結果這支不是最貴，也不是最好用的筆，再也沒弄丟了，成爲我用最久的一支自動鉛筆。

某些時候，看見有人跟自己用一樣的東西，就覺得這個朋友值得信任，就像是我們在選擇這樣物品的時候，就已經認識了好久好久。

。。。

有一天，我的彩虹圍巾不見了，可能是在排練場、可能在餐廳，或者在路上丟了。那是個在夜市隨便買的量產品，但成了我幸運小物，十幾年後，連我的大學老師都記得我戴著這條圍巾去面試。然而我弄丟的時候，市面上早就找不到了。

會打毛線的朋友說，她來織一件吧。只要找到同樣顏色的毛線，算好針數，就可以復刻這條圍巾了。我記得有個跟我擁有同樣圍巾的女生，她大方地借我，我再拿給朋友參照。但這是彩虹圍巾，有六個顏色，剩下的毛線到底要怎麼辦呢？

而我要做的只是等待。

手工織好的圍巾不像工廠量產的，手工有稀疏與密集的地方，她可能是看著電視織，可能不小心打過了頭，必須拆掉織好的地方。但隔著一段距離看，工廠做的和自己做的，就像是一模一樣的東西。極爲普通的量產品，因爲我們的借用與歸還、勞動與等待，讓它變成了眞正的寶物。

我把舊的圍巾還人，又從朋友手上接過新的圍巾時，我對自己說，這次千萬不能弄丟了。

不存在的弟弟

「妳只想生一個女兒嗎？」

小時候，全班只有一兩個獨生子女，一聽到我是獨生女，不管是老師還是學生都會說：「你爸媽一定很疼你」，但我從來沒有機會跟別人比較，不知道這個說法是不是真的。現在我長大了，媽媽有了另一個答案，我以前也曾聽過這個答案，只是不會放在心上。

「那時候她一歲多，我一個人在臺灣，她爸爸不會照顧小孩，我月經一個月沒來，怕是懷孕了，就去醫院打催經針，反正身體還沒有感覺。」

沒感覺，就是有感覺。否則不會在二十多年後還記得。

很多原本沒關係的事，其實一直都有關係。比如稿費，過去的時代等寫完再拿就好，但是我們太窮了，這件事才浮上檯面。

我媽媽跟其他母親一樣，因爲孩子失去了友誼、失去了經濟能力，又要面對陌生的環境，如果再給她一個機會，或許可以再生一個——因爲我是女兒，就稱它爲弟弟吧。

如果我有一個弟弟，從小就要學著當姊姊，處處讓弟弟，不對的事要當作對的，要搶奪父母剩餘的寵愛，分辨父母之中誰「比較」疼我。以我家的情況，應該沒有機會讓我念私立學校，沒人期待我考上第一志願，沒有餘裕走上寫小說這一行。因爲要養活自己，想盡辦法擁有個人空間，所以得早早離家租房子。

想到我將失去的一切，我只想說——弟弟，你還是去死吧。或者樂觀一點吧，我早早結婚進入家庭，成爲情緒勒索高手，採收家人的小奸小惡，反而把小說寫好了。

我媽那一代，幸運的成爲職業婦女，婆婆媽媽幫著帶孩子；但到我們這一代，婆婆媽媽可能也沒有帶孩子的經驗，她們說，需要自己的生活。於是大家逃走了，剩下新手媽媽一個人跟產後憂鬱的戰鬥。難怪母嬰網站會紅，知道有人跟你一起煩惱，或許就不會用枕頭蓋住、從樓上丟下這個害妳與社會脫節的生物了。

不存在的弟弟，會不會比我更能體會父親的心情？如果投胎的時候，先出生的是哥哥，那我就不在這個世界了。

要養大一個孩子，不是人人都能頂得住的壓力。最近看到一則廣告，機車後座打開，裝著營帳和睡袋，爸爸載兒子去戶外露營——別問媽媽爲什麼不在，那個答案太可怕，不是廣告能說清楚的，要一部電影或是連續劇才夠。總之，機車規定只能載兩個人，廣告要講的是，就算沒有汽車，父子也能完成露營的夢想。現代的父母壓力好大，光是把這堆東西收進機車後座，就需要超強收納技巧，如果眞的信了這則廣告，後面還要採購輕量化裝備，絕不是湊合就能上路。

忽然覺得，一個人也不錯。但如果爸媽都這麼想，我也不會出生了吧？不存在的弟弟若是和我在出生的隊伍相遇，不是你死就是我活，那會是怎樣的世界？我猜，我說的大概會是——

請你好好活下去，不用愧疚。

我不出生，也沒關係的。

暑假作業

開車上高速公路，經過虎頭埤的指標——原來這個地方在這裡啊，小時候的我其實在想像中造訪了好幾次。

小學的暑假作業，常常是還沒放假，老師發下厚厚一本作業三天後，我就在學校寫完了。一開始，幾個比較熟的同學會分配題型，然後互抄，老師不鼓勵抄作業，我們也怕抄錯答案，所以會驗算，花的時間也不少。錯得一模一樣很麻煩的——如果非錯不可，至少要錯在非常信任的夥伴。後來出了社會，聽到一句話，「要跟自己看得起的人合作」，才知道我早就這麼做了。

唯獨「遊記」這一頁沒辦法交流互抄，而且到國小畢業為止，我幾乎不曾踏出三重這個地方。遊記寫不出來，不是因爲作文能力不好，而是這個題目超過我的經驗範圍，除非回去印尼和福建，我才有所謂的堂表親。我不知道出去玩是什麼，也不知道爲什麼暑假一定要出去玩。其實我到現在，還是不曾在暑假出遊，因爲我每天都可以旅行，何必七八月去人擠人，機票旅館特別貴，氣候又不宜人。但暑假作業偏偏都有遊記，結果我所能寫的遊記，幾乎全抄自《永遠的小貝殼》，那個時代難得有個小學就出書的作者，再加上國語老師推薦，很快就成了我的作文範本。

三年級的時候，老師下課叫我過去，問我：「你去過虎頭埤嗎？」「你的作文有抄別人的嗎？」我想老師怎麼會知道，我抄的是書，又不是同學，這難道就是法網恢恢疏而不漏？夜路走多了總會碰到鬼？「這次沒關係，但下次不能再抄了。」老師說。

我不懂爲什麼作文不能抄，不就是要寫得像那樣才能成功出書嗎？而且我不抄，作文題目也不會從遊記變成別的，更別說要總是在工作的爸媽帶我出去玩。所以，我必須抄，只是不能讓老師看出來。

調動文章順序，稀釋句子的意義——在台灣著作權法尚未完備的時候，我就開始繞過法規和老師的品味。重要的是，不能逐字抄寫，而是假裝自己眞的去過虎頭埤，最後「度過充實的一天，快快樂樂踏上回家的路。」人家看起來是散文的東西，在我是虛構。

結果到現在，我對景點的觀念還是很模糊，活了這麼多年還沒去過虎頭埤，也沒去過墾丁。但去過墾丁的人都叫我不用去，他們說，妳去過峇里島就可以了。話說回來，放假一定要出去玩、年輕人就該多走走這種觀念，應該也是多餘的。

後來我讀到一個故事，某名家庭主婦在家中搭起紙箱，宣布從此開始流浪，才想到小學的我明明常在床鋪上跟布偶遊歷世界，那無疑是遊記，而且是《吉訶德先生》規格的——但三年級的我沒有跟世俗價值觀對抗的勇氣，那些作文題目也只是一些缺乏想像力又必須交差的傢伙想的，倒楣的終究是那些沒機會出去玩、又交不出作業的孩子。

現在的我當然可以寫了，但是暑假早就結束了。

保護眼睛

那時候打 Gameboy 掌上型遊戲機的超級瑪莉和蠟筆小新，螢幕總是顯示由左至右或由右至左的長長關卡，幾回以後，我越加懂得躲避危險的技巧，差不多兩個小時就可以破關。剛拿到遊戲機時，怎麼都不願意讓遊戲機離開視線，那時候書還是高貴資產，不適合出現在餐廳後巷和客廳板凳，一不小心就會弄髒折到，遊戲機等於是我的另一個玩伴，站著打、坐著打，動靜皆宜。

「買書是需要技術的，像我爸那樣的工人，有可能走進書店問店員說，要買什麼書給國小二年級的女兒嗎？不可能，他根本不會問。」

跟我年紀差不多的女生回想，她爸就算知道她喜歡書，也不知道該怎麼買書。我想我媽大概也是，他們不是不願意或花不起，只是根本不知道找誰來問，店員又看起來很忙的樣子。記得我小時候擁有的幾本《孫叔叔說鬼故事》、繪圖版《唐詩三百首》，也是鄰居姊姊帶我去買的，拿著我媽給的幾百塊。

媽媽買了Gameboy，又怕我近視，怕我趁她不注意時偸玩，只能在她看到的時間打電動，其他時間藏在家中各處角落。我的觀察推理力在此時達到巓峰，剛開始藏在抽屜、鞋櫃、藏金飾的枕頭，再是祖先牌位後面，我一一破解，但很快就發現，我花在找電動的時間比玩遊戲還多，不如在媽媽發現以前物歸原位，這樣下次媽媽不在家就隨時可以玩了。

媽媽常常不在家，我也希望媽媽上班的時間越長越好，因爲不管打到哪裡，聽到她回來的聲音只能斷然放棄，放回那個床頭櫃的棉被底下，像是它從來沒被拿走。

小學五年級有了桌上型電腦，這就藏不了了。我的作業通常在學校的最後一節課就寫完，一到家便趕緊洗澡，草草吃過飯，剩下的時間全拿來打電動。在學校的下課時間，認眞思考是哪裡卡關了。到家就全力衝刺故事主線進度，近視就這樣一點一點加深，到現在的七百度。

長大到現在，同齡的朋友逐漸有飛蚊症，我時不時就會去眼科檢查。前幾天媽媽說她看不清楚，我也注意到她的瞳孔不知道從何時開始就有點白白的，可能就像白頭髮一樣，眼睛也會因爲年齡變白吧。推薦她我跑過的眼科，雖然不用我親自帶她去診所，但也擔心她一個人就醫的路上還能看清楚吧？

幾天後，她帶了眼藥水和一張紙條回家，上面寫著輕微白內障和黃斑部病變，但她沒長時間用電腦也不在戶外，爲什麼呢？該不會是電動打太多了？剛開始是桌機新接龍，就跟我國小的時候一樣，後來有了手機就玩寶石方塊，家裡隨時都能聽見華麗音效。以前叫她跟我一起吃葉黃素，她不要，現在醫生寫了，才知道這是好東西，反倒是我懷疑健康食品是否有用處。而且已經失去的視力，多半也不是玩電動的關係吧，但年紀大了這個答案又讓人太灰心，所以，還是多吞幾顆葉黃素吧。

倒是她，不用我沒收手機，藏到枕頭櫃深處或其他神秘地方，自己就說不玩了。

為什麼媽媽都愛吃魚頭

小學放學以後，我走到媽媽工作的自助餐店，等中午用餐的尖峰過後，大約一點半，跟媽媽拿著橘色大碗去打菜。我最喜歡吃蒸蛋，我媽在家也常做。

吃蒸蛋之前，我習慣把蒸蛋攪碎，跟白飯攪拌，不管是同學還是假牙老人如我爸，都覺得這種吃法很噁心。但我覺得既然要一口蛋、一口飯，那爲什麼不一開始就先攪拌呢？而且，這樣可以吃得很快，很長一段時間，我吃飯只需要五分鐘。

吃完飯，差不多可以洗飯鍋，自助餐的飯鍋很重，且用瓦斯爐加熱，外面都是黑色的鐵鏽，裡面沾滿飯粒和鍋粑，煮完以後還要移到保溫鍋。每個鍋子都很重，移來移去很麻煩，一不小心就會閃到腰，洗的時候要倒掉裡面的汙水，也要小心砸到腳。後來發現電子鍋也有營業用的，大可不用這種沈重鐵鍋，不過，現在高級電子鍋號稱釜鍋，內鍋越重越好，大概是有閒的人想體驗餐廳的粗重活吧。

話雖如此，「歐巴桑」這工作一樣讓四十歲的我媽很開心，因爲三點就能下班。她之前在新莊麵店工作，從早上開始到晚上十點，那段時間她不放心我一個人在家，等我中午放學回家，她趁下午休息時間來接我，而我連午覺都沒睡好，四點就要從三重出發，準備晚上開店，勉強撐著眼皮看鐵架上的小電視。她說，早知道有這種半天的工作，她就來做了，只是因爲不知道，才從早做到晚。

現在看到有人在自助餐挾魚，我都會心生佩服，看他悠閒剔骨去刺，不受周圍慌亂圖溫飽的氣氛影響，這種客人多半是一個人，只有頭頂的新聞陪伴，不容易跟人聊天哽住。

清蒸鱸魚、紅燒松鼠魚都是我家常見菜色，但小時候大家講起魚頭都是媽媽吃的時候，我想到我家的魚頭要不是因爲鍋子太小而砍了，就是放在廚餘桶，完完整整被丟掉。我媽早就說過她不喜歡吃魚頭，我想原因跟我一樣，實在是太花時間，反正，我們兩人連一隻魚都吃不完，根本不用考慮可憐兮兮的魚頭。

媽媽愛吃什麼呢？記得以前去軍公教福利社，我拿餅乾洋芋片，她必定會拿包沙其瑪，從原味、海苔、黑糖什麼都吃過。所以只要去各地旅遊，我也一定會帶包沙其瑪回家，這是每家麵包店都有的平凡食物，但我始終不知道哪裡好吃。

後來去香港，鼓勵她去看看伴手禮，難得那些字她都識得，不必我在旁邊解說。她往籃子裝了幾樣，我說這店裡也有沙其瑪，怎麼不拿？她說，她不喜歡沙其瑪，以前因為便宜，而且可以多放幾天，才買來當早點。我才發現，這個誤會實在太大了，她不喜歡魚頭，但也該跟我說她不喜歡沙其瑪，這樣我出門才會買別的東西給她啊。

我是撿來的孩子嗎

小學畢業的那年暑假，爸媽帶他去芬蘭拜訪聖誕老公公的家，那時他看見遠方有座小屋，立刻拋下所有人衝過去。牌子寫著「聖誕老人的家」，並註明入場費多少。他終於親眼確認，聖誕老公公是不存在的，頭也不回，連景點都拒絕進入，就生氣地走了。

剩下的假期，他忘了後來去玩了什麼，只認爲一切都是謊言。現在的他當然明白，這是父母認爲他要上國中了，應該要知道眞相。至於幾乎沒相信過聖誕老公公的我，只知道像是禮物、出國、家族出遊——都是非常奢侈的事，而他的父母竟然有能力讓他相信到國中前夕，還精心安排故事的結局。他說，未來他若是做了爸爸，也打算爲孩子延續十二年的演出。

我幼稚園時最常掛在嘴邊的口頭禪，就是「老師說」。老師說要帶手帕，老師說上完廁所要洗手，老師說這世界上有聖誕老公公。這些都是媽媽不知道的事，但我知道了，就顯得我好像很厲害。可媽媽說世界上沒有聖誕老公公，到了平安夜，我決定自己試試看。

我找了一件自己最喜歡的襪子——這是對聖誕老公公的尊重。我小時候最大的樂趣是過年穿新衣服，在媽媽有空的時候，我們一起去萬華買童裝，讓我初一到初三都有新衣服穿，買了衣服也不能馬上穿，必須先掛在衣櫃。而我主要的任務是排好第一喜歡、第二喜歡、第三喜歡的衣服，忍耐到過年就能穿了。這是一種讓新衣服成爲新衣服的魔法。我想到的時候就迫不及待跑去衣櫃檢查，好像新衣服會長腳跑了。現在的我還有抱著新鞋去睡覺的印象，誰都不能把我和我的新鞋子分開。——到了平安夜那天，我準備了第一喜歡的一隻白色有蕾絲邊的短襪，放在電風扇後面的窗框，如果聖誕老人趕時間，一定也能打開窗戶，第一時間就把禮物放進去。我的襪子不大，生活也不缺什麼，我只想知道聖誕老人是否存在。

隔天早上我很快就醒了，不賴床，衝過去捏襪子，就算只有一顆糖果也好。但翻過來確實沒看見什麼，只有我自己用注音寫的紙條：謝謝聖誕老公公。我默默地把另一隻襪子從抽屜拿出來，把兩隻襪子都穿到腳上，確定了這世上沒有聖誕老公公。

到了學校，我跟最要好的朋友說了我的發現，但她怎麼也不相信，因爲老師說有就是有，肯定是我哪邊沒做好，聖誕老公公才沒來的。我只覺得朋友太不講理，我發現到的眞理竟然沒人相信，我人生第一次感到委屈，平常我告狀都會贏的，班上小朋友沒人說得過我，還在用「他給我打」的文法，但這次就連老師也不會站在我這邊。

我心中篤定，你們什麼都不懂。沒有了聖誕禮物，但我有知識的力量。

現在想來，我憑著直覺就確定了，那些同學根本沒有親人精心佈置的聖誕禮物，不然早就把禮物帶來班上炫耀。而我真正生氣的是，他們只是懶惰不去求證，跟著人云亦云。

算了，先知總是孤獨的。

比起聖誕老人，我的人生還有更難的謎團——我是撿來的孩子嗎？

有印象以來，媽媽會帶著我沿三重的河堤散步，那時沒有太多公園和高樓，從堤防能俯瞰大部分的公寓、樹林和菜園。堤防沒有階梯，就算有也是用黑色瀝青渣做的，沒多久就缺角損壞。所以我們手腳並用，沿著傾斜的平面衝上去，跨到河那一側的高灘地。

那邊有人種菜，空氣充滿屎尿的肥料味，不時有狗狂吠追人，菜園多半用彈簧床架圍著，年久淋雨之後也生鏽了。巨大的黑色廢輪胎被當做花盆使用，裡面的植物也不像是有人照顧，純粹是拿來當做路擋。草叢的遠方有萬善同廟，長大以後我才知道那是埋放無主屍骨的地方，其他的水流公、竹頭公、大眾廟，也都是這樣的原因。走到堤防的盡頭全是密集的野草，沒路了，只有一座荷花池，很多白鷺鷥在那裡休息。堤防靠人的這一側，散落一些墳墓，只是平常被菜市場遮住。

我觀察了這條路很多次，思考哪邊是撿到我的地方。

「你是撿來的。」這是媽媽親口對我說的，但地點始終不清不楚。我問是不是在那邊，她就隨口答是。這句話的潛台詞就是：「你本來就是個垃圾，而我隨時可以把你丟回去。」大人隨時可以拋棄小孩，甚至威脅小孩。小孩子未必知道自己無法獨立生存，但確實知道自己不會賺錢，不能自己買玩具——就是那種鋪天蓋地的無力感，才會讓那麼多小孩在路邊大哭。

「撿來的」這說法不知道存在多久了，可能是那時代的大人面對性教育，不知道如何表達。但電視劇還在滴血認親，我也不知道要驗DNA。所以我唯一能做的，就是記下眼前看到的線索，找到解開我是誰的關鍵。

就像是等待穿新衣一樣，媽媽也鼓勵我存錢，將來才能踏上尋親的旅程。我跟爸爸要零用錢，幫媽媽按摩賺十塊錢，最後才能殺豬公撲滿，把一塊錢、五塊錢、十塊錢用紙包好一條條，拿到郵局存起來。存得越多，我尋親的意志就越堅定。我會對「現在的媽媽」說，謝謝你照顧我，我有一天要回到親生媽媽的身邊，但我不會忘記你對我的好。我媽都是笑笑聽我說完計畫，沒有嘲笑或評論，讓我想做什麼就做什麼，只要多存點錢就好。

另一些朋友則是長大以後，才知道媽媽在印尼有另一個家庭，跟那邊的丈夫負氣吵架，快四十歲來台灣嫁人，以為自己不孕，沒想到竟然生了他。另一個人是從小覺得爸媽偏愛弟弟，偏執地相信自己是撿來的，國高中時被送到私立學校，心想：「很好，他們一家三口團聚了，沒有我這個外人剛好。」他從小就脾氣火爆，跟這家人一點都不像，二十多歲時，在外地讀大學的他又跟家人大吵，難道自己是撿來的嗎？媽媽終於鬆口說：「也好，今天就告訴你吧，你不是我親生的。」原來他自己的偏執，是大人一直不願挑明的真相。

幾年前跟我媽一起等公車，有個瘖啞男子走來，遞出紙條，說他要去第一銀行。銀行距離我們的公車站約一站，我講的話他又聽不懂，反正很近，我就帶他抄小路。那時還沒有智慧型手機，我又怕自己印象有誤，經過了一家早餐店，心想總有人能幫我確定第一銀行的位置。我的印象沒錯，正在吃早餐的阿姨指了路，我就把男子送到ATM前面，忘了他是領錢還是存錢，但他好像連字都不認識，我只好幫他按了幾個鈕，處理了錢，他表示還要去下一家銀行。

那時我不懂得怎麼拒絕第二個要求，但留在公車站的我媽覺得不對勁，往回走了，碰到剛剛那個早餐還沒吃完，也同樣往我們這裡走的阿姨。兩個中年女子越想越奇怪，在我猶豫不決，是否要跟男子前往下一家銀行以前，攔截了我們。三個人最後決定不管他了，我們去搭公車，阿姨回去吃早餐。

「他會不會是騙人的？」

很多年後，我媽還在想，這個人到底想做什麼。自己好不容易拉拔大的女兒，會不會忽然就消失了。我倒不覺得這個到處去銀行的瘖啞人士有綁架的意圖，當時銀行提款上限很低，也許他只想領多一點；但也可能是詐騙車手，這點我就不得而知了。

我只知道，事物模糊不清的時候，我們總是很有想像力。但看她擔心了這麼多年、這麼久，可見我不是撿來的孩子。

衛生紙包爆米花

國小自然課，點燃蠟燭，手上拿把錫箔做的杓子，等待玉米爆炸，必必剝剝，整個教室都是爆米花的香味。黃色的玉米，變成白色爆米花，我從來不知道爆米花是這樣做的，心想以後一定要常常做來吃。但小組實驗下來，每個人只分到兩三顆爆米花，熱騰騰脆酥酥，大家吃著，一個接著一個，很難停下來，搞不好還爲了誰吃最多而吵架。但我吃了一個就決定，用衛生紙包了，帶回去給媽媽，她一定沒吃過這麼好的東西。

冷掉的爆米花，包在衛生紙裡面，回家以後，受潮軟軟的。跟自然課的時候完全不一樣。但我記得媽媽說好吃，我說剛做好的時候更好吃，好像見過世面一樣。那是我第一次，也是最近一次爲家人下廚，後來別說是爆米花，連煎蛋都沒有。

上學總要檢查手帕衛生紙，同學又有很多有的沒的零嘴，我包過吃到一半吐出來的糖果，因爲想等一下吃，結果全部都黏在一起，分也分不開，忘了到底最後有沒有吃，那時候也常常毫不在乎把衛生紙吃下去。也忘了是幾歲，我才知道蒸包子的紙不能吃，因爲媽媽都幫我剝掉了。

那段時間，我應該用衛生紙包了不少東西回家，放在小小的口袋，洗衣服的時候忘記拿出來，媽媽一定覺得很頭痛。

那時家中用的是整疊印花衛生紙，兩張兩張折起來，折成十份，變成我的家庭手工作業。小時候的玩伴來家裡，隨手拿一把衛生紙來用，還被我嚴重糾正，一定要用兩張摺好。媽媽說，那時候的她很不好意思，小孩子竟然爲幾張衛生紙跟鄰居計較生氣。

長大以後，我把吸過的捲煙用衛生紙包著，放進鉛筆盒，留作紀念或者之後再抽。在補習班打開的時候，才知道菸焦油冷掉那麼臭。所以電影上面看到的菸屁股，都沒把這個臭味拍下來，我立刻就找個地方丟了。

小時候很疼我的親戚姊姊說，「我不喜歡你了，因爲我有小孩了。」媽媽總會跟我說起這個故事，雖然我一點都不記得。

對那時候的我來說，「被喜歡」就是我的全世界，姊姊不喜歡我了，我應該很難過。但這個故事被我轉述之後，我媽大概很生氣，覺得她的孩子就是全世界最重要的事物，那姊姊竟然敢貶低我的價值。後來親戚姊姊的孩子出生是死胎，媽媽也不怎麼惋惜，因爲她同樣不喜歡那個早逝的孩子。

現在我不會用衛生紙包些有的沒的，而是出國前列一條長長的清單，答應了要幫她帶回來，那不是一張衛生紙能裝得下的——我到底有多久沒把好吃或奇怪的東西，用衛生紙包起來給媽媽呢？

媽媽也有自己的生日

自我有記憶以來，每年都會跟媽媽兩個人慶生，爸爸不知道去了哪裡，我也不知道他有沒有吃過我的生日蛋糕。那時候的生日蛋糕很大，起碼八吋起跳，對於一個女人和一個小孩來說，確實是太大了。但小時候一點也不覺得蛋糕大，吃不完冰進冰箱，早餐和放學後回來接著吃，每次吃都很開心。

那個撿破爛的老太太鄰居，總把我跟她同天生日這件事掛嘴邊，在我媽剛來到台灣那段期間，也幫了一些忙，讓人覺得像是欠了她幾百萬。儘管如此，媽媽還是不想讓她跟我們吃同一塊蛋糕，而是去巷口麵包店買最便宜的蛋糕給她，再專程搭公車去正義北路的名店買小小的蛋糕。持續分別慶祝到了我三歲，才漸漸脫離撿破爛老太太。

上了小學，我最要好的同學生日只跟我差一天，但她家從來不過生日，大人說那是母難日。我同學的雙手很乾很粗，我猜是在家負責洗碗的關係，還要煮麵給弟弟吃。

其實，我根本不適合吃蛋糕，吃了麵包之後容易反胃，用現在的話來說，就是麩質過敏。只有少數的麵包不反胃，但當時的我們想不到早餐有麵包之外的選擇，就繼續吃蛋糕，忍受甜膩的反胃。

我們平常吃飯的速度也是異常地快，把自助餐的飯料都扔進橘色大碗，快速地在五分鐘之內扒完。吃飯是浪費時間的事，不管人再不舒服，只要睡個覺就好了。後來才知道，有種東西叫胃散。

不知道是因爲爸爸生病的關係，還是覺得我上國中夠大了，家裡不再慶祝生日或其他節日。

在國中女生之間，流行用慶生和小禮物，證明自己的友情多堅固，我忙著幫同學慶祝，並且在自己的生日回收，沒想過家裡應該幫我慶生，一心一意只想要趕快長大，生日的進度牢牢在我的掌控。高中以後，慶生變得像是整人活動，壽星要通過一連串考驗，這大概是考生無趣生涯的調劑吧。上了大學，天高地闊，慶生變得可有可無，再加上我的生日都在寒假期間，也就沒有找人出來慶祝的必要。

反倒是出了社會，確定了自己想做的事，有了餘裕跟朋友聚餐、替別人過生日。就算不是生日當天，也成了幾個朋友相聚的理由。有臉書提醒生日，這天就好像變得更重要了。只要是重要的人，似乎都應該向對方表達慶祝。

我決定幫媽媽慶生。上網查了評價，專程買了蛋糕，盒子一拆下貓就坐上去。沒有砸派、沒有手工卡片，依然是少少的人唱著五音不全的生日快樂歌。

「下次不要買蛋糕了，吃不完。」媽媽說。

想要幫她慶祝，反而好像造成了她的困擾。我們得把貓趕走，將蛋糕收進盒子，冰箱左挪右移，才能騰出蛋糕的空間。那麼多年沒慶祝，忽然要慶祝也不知道所謂何來。既然這樣，那就到外面吃飯，不留剩菜，也不會帶給任何人麻煩。

「這家吃起來很普通。」這是她對餐廳的評論。高檔的餐廳通常沒有米飯，她也吃不慣，網路查到的名店，多少有風險。所以就讓她的生日靜靜地過去好了，反正那也不真的是她的生日，只是戶政辦事員方便而填的日子，沒有特殊的意義。

有時我們會聊到，誰的生日要到了，記得傳訊息，就近分配買蛋糕，或是別人家的長輩有農曆生日、國曆生日、眞實出生的日子……。

「他們爲什麼要慶祝？」對她來說，幫成年人慶生是件無法想像的事。就算是外公外婆幾十歲大壽，她那年剛好回印尼，出席了一次別人組織主導的聚會。我這才意識到，媽媽小時候從來沒人幫她慶生，成長過程中也沒有這樣那樣的同學，但是她很驕傲，自己一個人在家也能幫我辦抓周，這是我很多同齡人沒有的經歷，對比現在流行的集體抓周商業活動，琳琅滿目的物件以及特製的虎頭衣帽，她一點也不遺憾。

過去沒人替她做的，她替她的孩子做了。只是她還不習慣，孩子會長大，自己有自己的生日要過，然而那時她也沒了想吃甜食的欲望。

也許明年她的生日，我就不買蛋糕不聚餐，點個蠟燭就好了。

很多原本沒關係的事，

其實一直都有關係。

小邪惡

這世上分爲不看找零的人，以及看找零的人。

不看的人有餘裕，會看的人連一塊錢都在意。但大部分的人往往急著取貨、把錢整把塞入皮包，回家以後才發現什麼東西忘了拿，增加或少了的錢也不知道去哪裡。所以在日本旅遊時，看著店員在你面前一張張點鈔，還示意你再點一次，便感到十分安心，一切清清楚楚。

小學低年級，我做了總務股長，負責訂便當收錢，再把錢交給合作社，對方卻多給了我十元，我到底是忘了找給哪個同學？但這十塊錢絕對不屬於我，我的零用錢和班費是分開放的。總務股長可以不管上課鈴聲，比別人晚一點到教室，那時候走廊和樓梯都很安靜，我慢慢地走了三層樓，一直在思考這件事，不屬於我的東西不應該拿走，所以我把那十塊錢，放在樓梯最後的轉角，讓它融入磨石子地板。

五塊錢和兩個一塊錢，總共是三個銅板，投進公車金屬製的投幣箱，會產生一大兩小的聲音。聽起來就跟十二元，一個十元和兩個一元一樣。只要後面下車的人夠多，那我就能省下五元，來回十元，一個月下來就是兩百元。

我國中的時候搭公車通勤，很長的一段時間都這麼做，只是我沒有告訴別人，萬一真的被司機發現了，我可能也下車了；或是面無表情地說，我看錯了。你能拿一個死魚眼的國中女生怎樣？

不是真的窮到差這點錢，我也不是天天都剛好有五元。但每次過投幣箱，就有一種小小的幸福。這個貪小便宜的行爲，到了公車換成月票和磁卡之後就行不通了。但我現在還記得，五塊錢和十塊錢，撞擊零錢溜滑梯時，那些微的差異——或許司機也聽得出來。

很久以前，只有台北站前新光三越賣印尼的辣椒醬、椰奶和薑黃粉時，媽媽帶我去逛超市，這是我們在百貨公司唯一會消費的地方，超市門口有防盜磁條感應器。我們在一位太太後面結帳，要把東西裝進袋子時，她忘了帶走一條護手霜，但周圍沒有顧客，我們趕緊把護手霜塞進袋子。

「快走。」我們像偷了什麼東西，趕快離開犯罪現場。

用了以後，媽媽才知道護手霜好用，那之前她洗碗、切菜、做廚工，都只抹藥膏偏方對付刀傷燙傷。但護手霜香香的，感覺好高級。擦拭的時機和成本，都不是我們能想像的。從那之後，我媽成爲這牌子的忠實顧客。我們負擔不起出國度假、購買名牌服飾，也不會開車去大賣場購買日用品，但在普通的零售店和菜市場，我們會買貴一點的衛生紙、青菜和魚蝦，只要比最便宜的好一點，就是我們所能擁有的奢侈。

是什麼時候，我開始不計較這五元、十元，願意在書店買並不是最低價的書呢？

第一份領月薪的打工，是我在冰淇淋店做收銀台的時候。在螢幕前點單、結帳、開發票、找錢，把大鈔壓在黑色塑膠盒下面。在發票快用完的時候，必須準備另一捆在旁，一張發票都不能忘。最麻煩的是重新開發票，現金換刷卡，刷卡換現金，或單純是寫錯，一定要記得註記，否則交班或收班的時候會對不起來。

增減個兩三百元很正常，但一塊錢不多不少，交班的時候就很開心，若是少了幾十元，自己墊上湊整數就好了。那時我的時薪只有八十五元，餐廳提供員工餐，也不算是太虧。有一次，不多不少，就少了一千元，一整天的努力就白費了。結果老闆娘說，沒關係，她相信我。

平常買東西，如果老闆多找給我，我有時也就默默收下。如果是菜市場的老阿伯賣菜，五塊十塊錢地賺，卻把五百當一百找給我，我會驚醒，人家是比我辛苦的人啊，不能拿，必須還給他。有時候是十五六歲的小孩子，生意人家的孩子沒得選擇自己的命運。冷清的小吃店，因爲食物不好吃，客人也不多，賺不了多少錢，但我希望她安心寫功課、好好長大，也會告訴她找錯了。在告知與沉默之間，我有一條自己的底線。

當工作越來越忙，小時候最期待的對發票賺外快，只能四個月一起對了，看到某些角落冒出過期發票，會習慣地對一下，確定沒錯過什麼。有一回，我看到好久以前的發票，結果中了一千元，但兌換期限是三天前。這時候的一千元，不像我在收銀台遺失的一千元那麼大了，我告訴自己，我有忙碌的工作，早就不需要虛幻的希望了。

我們家從來不買樂透，不相信自己會有更好的未來，更何況花在樂透的錢，很難平衡得了獎金，中了三百五百，只是叫人繼續下去，怎麼算都不划算。反正有發票就夠了，同樣是希望，我更想要具體能吃下去、用下去，能夠掌握的，反正中了兩百萬，在台灣也不算是富翁。更何況，我那麼長的時間都只有投七元，沒被抓就是最大的幸運。對我來說，這樣就夠了。

大便奇譚

「快來看，小便斗有人大便！」小學的某個下午，同學大喊，全部的人都放下手邊工作去了。

通常是女生掃女廁，男生掃男廁，如果走進不是自己該去的廁所，就會有人喊「唉耶～」我猜主要的原因是，大家下課的時間太集中，不能像大學一樣，想離開座位就暫時離開，我們才被迫聽見朋友拉尿、放屁的聲音。調皮的男生在欺負女生以後，就逃進男廁裡面，敢進去算帳的女生就被人笑是「恰北北」。幸好當時堅持了有仇必報，我現在堅定捍衛性別友善廁所的存在。

但這次不一樣，排泄物穩穩地佔據小便斗中央，男廁明明就有蹲式馬桶，那個人爲什麼要脫下褲子，冒著被人取笑的風險呢？這成爲我們的不解之謎。大家看完以後，最後由負責的同學清理。反正外掃區的同學遲歸也沒關係，只要能在上課時間大搖大擺走在走廊，那就是一種特權的展示。從校隊比賽、合唱團練唱、值日生抬便當，甚至是外掃區提著掃把畚箕，只要在走廊慢慢地走，讓別班同學看到窗外還有人，那就是我們最大限度的自由。

因此，我們這群小學生的首選是外掃區，走到學校的盡頭，在那邊用長夾子夾取垃圾或用竹掃把掃落葉都好，有時還能發現昭和、大正年間的石碑。但學校其實根本沒那麼多垃圾，我們只好用夾子鏟除白千層的皮，看它露出淺黃色的內層。

小學生實在太無聊了，就連掃地掃廁所都能變成有趣的事。

大學的時候，一個男同學衝進燈光繪圖教室說：「你們快來看女廁！」他帶路打開右邊第三間廁所，那個蹲式馬桶中央，是一條長約二十公分、頭尾緊實的排泄物，周圍的水很乾淨，臭氣也散去，應該有一段時間了。可以想像原主人無法沖下這條龐然巨物，周圍又沒有馬桶刷，只好放棄離開，結果就成為我們朝聖參觀的對象。這個同學說，他從上一批在教室做作業的人那邊知道這個情報，但剛剛去了別處，回來時發現製圖教室又剛好換了一批人，他覺得自己有責任對新來的說這東西的存在。後來也不知道是誰清掉的，這個朝聖的風景只存在一天。

這才發現，原來不是只有小學生這麼無聊，就連大學生都無法忽視異常的魅力。

最近，我看了一部電影《海角上的兄妹》，說的是一對社會底層兄妹的故事。當一群以霸凌人為樂的高中生攻擊手無寸鐵的哥哥，這個失業又跛腳的中年男子，根本不敵年輕力壯的高中生，他被勒到窒息失禁，在這瀕死時刻，他拿起自己失禁的排泄物丟往他們。因為太出乎意料，也太噁心，這群高中生自討沒趣走了。

我們避之惟恐不及的事物，有一天可能會是我們的武器。

有一回，家教學生說他被記了小過，因為他們看到小便斗裡面有大便，想不到隔了許多年，也跨了一個世代，這竟然是我們共通的童年回憶。不管過了幾年，人們永遠都對廁所保有無盡的好奇心。唯一的差異是，那時剛過完年，他們有個同學帶鞭炮來學校，大家決定炸掉排泄物。

「點火以後我們就跑出去，爆炸的時候，整個廁所都是煙，大便也炸得到處都是。」他說。

小便斗裂開了幾條縫隙，當時炸開的力道想必很驚人。

不得不說，記小過是應該的，他們大概不能理解，突如其來的巨響配上臭味，幾乎算是一種恐怖攻擊。這學生平常沒什麼驚人的舉動，作業也都按時繳交，雖然記了小過，一定能順利畢業，以後出社會也沒什麼好擔心。話說回來，我長大很久以後才意識到，就算記了小過，其實也不會怎麼樣，我從來不記得自己身上有幾個警告，大多是衣服沒紮進裙子之類的原因，畢業之後也找不到記錄。但我沒跟他說這個，只是看他認真煩惱的樣子，心想用小過換一個奇怪的回憶，好像蠻划算的。

我們避之惟恐不及的事物，
有一天可能會是我們的武器。

一直走

小學中年級的我有兩個選擇，一個是田徑隊，一個是合唱團。田徑隊一聽就很累，但我也不懂爲什麼可以去合唱團，我想是因爲我愛講話，講話又很大聲的關係吧。

結果每天早自習在學校禮堂練唱，看著指導老師有時指揮，有時伴奏，有時被我們氣哭跑掉。我站在左邊第一部第一排，看著台下羽球隊發球殺球，放學後，我們就跟著他們一起跑步。理由是跑步能訓練腹肌，聲音才傳得遠。

——到頭來，還是沒能逃過跑步的命運。

全部的校隊都會在下午四點練跑，偶爾會有羽球隊向合唱團告白，或是合唱團對羽球隊告白。出於正義感，我幫女生朋友送情書給羽球隊的主將，這種主將身旁總是圍繞很多人，找不到單獨遞出情書的空隙，於是我就隨便找了一個下課時間，直接走到對方班上，說要找他，小學生此起彼落的「厚～」，我現在都還能感受到那壓力。

但對方拒絕答應的壓力不在我身上，我做完信差的任務就走了。以前一直認爲小學生的交往比較接近惡作劇，是別人的談資，也是身價的代表，喜歡的是誰，就代表自己是那樣的人。

後來，這兩個同學大概保持了一陣子關係，之後就沒消息了，那主將長什麼樣子，我也完全忘了。但我到現在還記得，自己在光天化日之下單刀赴會，那堅定的腳步聲。

我通常是全班前幾個到教室的，很難找到比我愛上學的小孩了。

有一次我得了急性腸胃炎，只覺得肚子前所未有地痛，要從保健室提早離開學校，我心裡想的是，這樣就沒有全勤了。幸好那時已經要放學了，我依然維持一到六年級全勤的紀錄。

從我家走到就讀的國小，通常要三十分鐘，而我就是路隊的最後一人。早上各家小孩和父母起床的時間不一，所以沒辦法一起上學。有一回我眞的睡過頭，拚命趕路的時候，在菜市場附近遇到隔壁班同學的媽媽，她騎機車把我拎了上去。

這段路主要沿著河堤前行，中間會經過高架橋下的快速車道、菜園、平房、工廠、鐵皮空地。

路上這些有趣的事物，有趣到讓我在剛上大學的時候，很認眞考慮，大學畢業後要回這間國小門口賣紅豆餅。有個懷抱夢想轉到戲劇系的同學說，他以爲自己從物理系轉來已經很怪了，想不到還有我這種人。我另一個同學也很怪，他畢業時的心得是，感謝這所大學讓他認識了體操社，不然之前在高中手語社練後空翻，在沒有足夠防護的狀況下，很容易就會變植物人。後來，他每週會來三重報到好幾次，就爲了練體操，他說：「你不知道三重的體操很厲害嗎？」嗯，我還眞的不知道。最後他練到變成體操團隊的股東，至今還在體操的路上。

我要說的重點是，其實我蠻正常的。

後來我看見有篇文章，吳明益在他的第一堂課告訴學生，「如果你寫作但沒有才華，不如去賣紅豆餅」。我就在想，這人眞的知道寫作的節奏。

首先，小學生在放學路上一定會買吃的，我看國小門口那賣雞蛋糕的永遠都很忙，多一攤紅豆餅應該沒問題。而且小學生四點才放學，上午可以拿來寫作，下午就跟這些學生、家長聊天，跟人的互動也不用太密切，上班族派系鬥爭就可以免了，實在沒有比這更適合搭配寫作的工作了。這個紅豆餅備案時不時就會跟著我的回憶浮上來，但我忘了加進備料的時間。

老師再見，小朋友再見，大家明天見。

吼完這句話之後，孩子們就像野狗一樣衝出去了。

其實沒有人在追，大家只是拚一口氣。

「我們來比賽吧。」

還沒讀幼稚園的我，跟我媽走在陸橋上，穿著新衣服和褲襪就突然決定這麼做，我媽還來不及阻止，我就從天橋衝下來，衝到最後幾階就滾下去了。太痛就大哭。褲襪也破了。也幸好是穿著褲襪，否則傷口會更大。但因為贏了，所以還是痛得很開心。

在小學的那條路上，我曾在柏油路上摔得眼睛黑一圈，額頭的淤血全累積在眼眶周圍。比賽結果是一時的，但淤血被取笑了兩個禮拜。這件事之後，我忽然理解了，衝第一沒有任何好處。

八卦、疑惑，也都在這條路上，陪伴我衝刺。

身爲國語小老師，有時候也要負責回答同學的人生疑惑。

「他們說我媽媽是『姦夫淫婦』。」長得白白高高的女同學問我，知道什麼叫姦夫淫婦嗎？

二年級的我，不太確定這四個字怎麼寫，也不知道這個詞罵的是兩個人，不是一個。我想安慰她，就必須說服她相信我，既然知道是罵人的意思，也就不用深究。我另外想些別的罵人的話，叫她直接背下來，下次拿去對付別人。

但我沒說的是，我以爲妳早就知道的那些故事。像是在她之前，那個家中還有一個孩子，卻被她媽媽在洗澡的時候溺死。沒人知道這些傳言從哪裡來，但這個女孩總是很憂鬱。但我跟我媽都見過她媽媽，是個很有氣質的女性，碰到我們在騎樓吃冰，還替我們把帳付了。這樣的事不只一次，後來看到她媽媽，我們都會搶著去付帳，但從來沒成功過。也許是因爲再婚，才會有這種傳言吧，小學生又沒有求證的能力，就只能一直傳下去。

有另一條比較繁華的回家路線，從東門穿越停車場，雜貨店會賣芋頭冰、豬肉紙之類的東西，書店內也會賣戳戳樂，五元給一次機會，我拿過十五元，但也就這樣，沒什麼賺頭。

有一家雜貨店叫做大拇指，房東就是我家附近的撿破爛老太太，她會對店員說：「我是房東。」可能想免費拿走店裡的東西。但大家平常看她就是個撿破爛的，都把她的話當耳邊風。其實聽說她高中畢業，嫁給地主做續弦，前妻留下三個孩子，她自己也生了四個。照理說，她是個堂堂的地主夫人，但過的卻是人人驅趕的撿破爛生活，不准孩子參加要花錢的畢業旅行。連她的孩子都恨她。以她的教養和地位，不應該是這樣。除非撿破爛是對婚姻的報復。

到了國中，我越區就讀，途中要經過重新橋，只要到了尖峰時間就會塞車。有一回颱風來了，路上也淹水，我們都等不到公車，很可能是拋錨了。我的同學決定從三重走路回泰山，我從來沒想過這個可能。隔天，她說她最後走了一個多小時，跟我等車加塞車的時間差不多。

但我覺得，在一場充滿未知暴雨中，她獨自步行的背影比較帥氣。

友誼轉換匯率

國中畢業典禮那天，我領了很多獎，抽屜裡全是學校或議員敬贈的文具，我忙著跟同學寫畢業紀念冊、在制服塗鴉，一回神發現，我的抽屜空了。我沒報告老師，覺得是自己放錯地方，同學如果拿到了應該會還我，畢竟上面貼了我的名字。結果沒有，那些東西我還來不及細看就消失了，想想那人大概比我需要吧。反正上台的是我，實質的獎勵倒不是那麼重要——會有這種想法，生活是太安逸了。

我念大學第一年的寒假，決定跟同學去印度自助旅行一個月。朋友在加爾各達生病，我說別擔心，這邊有美金，從貼身錢包拿出來，買機票讓她回去。那腰包我連洗澡都帶著，睡覺時也綁在腰上，畢竟青年旅舍出入複雜。可回到台灣，朋友機票退了，人也好了，但這筆錢太大，我一定得討，忘了是她自動歸還或是我開口，她說現在台幣跌了，匯率的事我不懂，錢還了就好。

錢拿回家後，媽媽很生氣，說這什麼朋友，那是救命錢，要不拿美金來還，讓我們帶回印尼也好，這種朋友死在印度算了。其實，那換算折損不過也幾十塊，我意識到朋友是種很危險的生物。

但後來想想，我只是覺得丟臉，朋友跟我都沒被錢壓得喘不過氣的經驗，沒想這麼多，要是知道匯率這事情這麼嚴重，直接跟她開口或自己墊上都好。但不得不說，跟這個朋友的友誼匯率暴跌了。

後來知道我這種人很多，有人扛不住姊妹「姐啊」、「姐啊」地叫，拿錢出來買保險、買衣服，囤放在紙箱不敢給丈夫看到。男的五百、一千、幾十萬出去借朋友，心中全有個友誼的預算。

出了社會，領了第一份薪水——跟我做補習班老師算鐘點的相差不大，唯一的差別是，沒時間花錢，在外面走逛比價一整晚的機會沒了。我買了微波爐，那是媽媽總說不健康、不需要的東西，選擇最便宜的機型，想著不要就算了，結果現在這台微波爐卻比任何東西還有存在感。

媽媽說過，她年輕時坐船去峇里島玩了半個月，不像我們現在飛機一下就到了。幾個工廠的人成團遊逛，領週薪不怕不能請假，那趟旅行她存了一年多，但半個月的旅行讓她記得一輩子。後來生了我，家庭固定花費有我爸負擔，但醫藥費、私立學校的學費、才藝、補習班，都是她攢下的臨時預算。

有人的預算打得更長遠，他說父親差點就超過六十五歲，不能買終身險了。原來父母在帶大小孩之前，從來都沒有保過險，當然孩子也就沒有吃飯、重考的預算。幸好有學貸和青年創業貸款。長大的他說，保險比任何物品都划算。至於他自己保了沒？他說，再等一下下。

有個朋友睡前一定要坐到電腦桌前，每日例行性的記帳。那是非常傳統的帳本，字跡潦草，我看不清楚上面寫了什麼，但那是她跟家人的約定。

家人過世以前，留下一篇記帳的文章，以22K爲例製作預算，將保險費、孝親紅包、出國旅遊全都分攤到每個月裡面，這樣才能有效管控每個月的預算。兩個人省吃儉用，但出國玩的機會也沒少，甚至還存下了開出版社的資金，只是這筆資金因爲家人罹癌，變成了醫藥費。那篇文章，與其說是記帳，不如說是交代後事——比分配物品更長遠的規劃，那是一般人活到六十歲，比她長兩倍，也不見得能做到。

自由工作者的帳款很難記得清楚，工作和支薪的日期常常隔了三個月之久，爲此，她們甚至設立了臨時預算，開工紅包、稿費都算在這裡面，只要花的比賺的少，就可以任意花用——那是最大限度而且毫無罪惡感的奢侈。現在，記帳的只有她一個人，但我卻覺得家人還在她身邊，照顧她的開銷、照顧她的健康。這個奢侈能有多大呢？比方，發票中獎兩百元，像是，副刊稿費三七五元。

都說文字工作苦，但看到明明白白記著三百七十五，我還是嚇一跳，只是年紀小時我沒記帳，沒這麼深的感觸，否則類似的數字，我一定也拿過。

朋友甚至許下新年新希望：今年不出國，我才意識到人眞的不用每年都出國。另一個朋友則說今年不買鞋、不買包。還有人說今年要賺得更少（他本來也只比22K多一點），要多做一點想做的事，他說：「拒絕了不怎樣的工作，反而有更好的機會。」

我想，我現在的樣子不但取決於得到了什麼，也取決於捨棄了什麼吧。

第二幕

那些在我旁邊的人們呀~

三重被譽為「新北高譚市」，我在城市邊緣長大。國小學童要經過遊民躺臥的天橋到學校，對面的萬華居民會到中興橋下的沙洲撐竿跳，平常在公園露宿的遊民符合老人資格後，反倒有了一片屋簷與幾面牆。

我是城市邊緣蹲在麥田的捕手，看著玩耍的孩子，告訴他們後面很危險。沒有人從懸崖那裡回來，後來這些孩子長大了，接下守望的位置，也不知道懸崖後面是什麼景色。只是，偶然有個你極為信任的人這麼跟你說了，你信了，就這麼留下來。

可怕的不是懸崖本身，而是自己一個人蹲在廣大無際的麥田，身邊沒有人，只有風吹過，想再往前走，或者到別的地方闖闖，卻惦記著後面的人來了怎麼辦？希望有人來，又不希望有人闖進來。到時候，我說的話那孩子信不信？不信，也許那人會走得更遠，發現新天地，再也不回來。

我所能做的，竟只是蹲在原地，把座標畫出來。

你媽媽是外勞嗎？

「你媽媽是外勞嗎？」

二十年前，那個連「外籍新娘」、「外籍配偶」、「新移民」、「新住民」這些詞都還沒發明的時代，有一群孩子想盡辦法用自己的方式回答：

「你媽才是台勞！」婚姻是人類最早締結的契約，所以妻子也是人類最古老的一種職業——這是小說家安潔拉卡特的說法，我只是加以延伸，幫我的印尼華僑媽媽辯護。如果我十歲就具備這種知識，絕對會用這種方式反擊。

「才不是！我家很有錢！」瑄瑄的媽媽是菲律賓人，爸爸是白領階級，

「雖然我家人都叫我不要說」，但為了證明「我家不是你想的那樣」，小時候總有意無意透露「我用的東西很貴喔」、「我家的經濟狀況很好」，暗示著你根本沒資格歧視我。但有一回媽媽幫她準備便當，是她最喜歡的SPAM午餐肉，竟然被同學笑是西莎狗罐頭，那時的台灣對於菲律賓的美國文化沒概念，只好用取笑來掩飾自己的無知。

「不是！你再說我打你！」傑克身高一百八十公分，可是「初」這個罕見的姓，讓他在客家庄備受欺負。長大以後到同學家玩，才知道同學母親也是講客家話的印尼華僑，大家都有一樣的媽媽，只是傑克的爸爸來自山東。

成年以後，我們因爲新住民二代的身分相遇了。

說到外勞，我們都有一種熟悉又陌生的默契，害怕自己被以爲是「他們」，但又不知道「他們」到底是誰。

瑄瑄常常被別人問：「你是原住民嗎？」

「不是。」回答之後，除非她覺得對方可以相信，那就有下一句：「我媽是菲律賓人。」但隨之而來「喔」、「很好啊」，一陣尷尬，明明自己好好回答了，反而造成別人的困擾。瑄瑄也說不出來自己到底期待什麼，但她最討厭別人說：「講幾句菲律賓話來聽聽。」瑄瑄很想回答：「你是誰？我爲什麼要講給你聽？」但她沒說什麼，只是今年九月跑來學菲律賓文，結果發現學的是菲律賓北方話，不是她父母說的那種南方話。

瑄瑄知道皮膚黑是沒辦法的事，乾脆曬得更黑，最好能像碧昂絲，結果曬了半天只是脫皮。「台灣原住民和碧昂絲都是帶紅的黑，菲律賓黑就是土的顏色，所以不是曬太陽的問題，是基因的問題。」原來皮膚黑有這麼多層次，聽瑄瑄講了我才知道。

小時候的我就知道了。只有成績超越其他同學，才能回答「你媽媽是外勞嗎」這個問題，最好讓他們沒機會發出這個問題，只要我媽媽永遠不要出席家長會就好。

十年過去了。

張小弟跟我同樣住在台北三重，念私立國中，班上成績頂尖，差別是我母親來自印尼、他母親來自菲律賓，只因爲他的膚色比別的同學深，就被說是沒洗澡、身體臭。

如果我晚生十年，是不是也必須證明自己「不是」什麼？

我記得某次月考前夕，同學神祕兮兮地說，那個誰誰誰說這次月考要幹掉你喔。我沒有因此特別準備，倒是發現「原來我一直是班上第一名啊」，沒人下戰帖的話，大概不會意識到吧。現在我可以笑著講這件事，當然是因爲我贏了這場遊戲。

但是傑克沒錢沒勢，「你媽媽是外勞」這句話一定會如影隨形，成爲被欺負的理由。雖然欺負人也不用太認眞的理由啦。

總之，在開學的第一個月，傑克揮拳了。一百八十公分的身高，保障了他平靜的國中三年。

。。。

我們成長的時候沒聽過「新二代」，不過我們不站出來的話，別人該怎麼辦才好呢？我們在這個暖洋洋的冬日下午，相約在中和燦爛時光書店，交換童年的記憶。

我記得另一個沒機會訪問的孩子，他現在三十多歲，還在照顧纏綿病榻的九十多歲父親，他的碩士論文就在寫自己的背景，其中一句話：「我們二十歲就在做別人五十歲才在做的事。」

難怪世界上有人說老靈魂，那不是詩情畫意的想像，而是我們的父母跟別人差了兩代，提早看到生老病死的進程。

我們也常常是獨生子女。有的是父親在幼稚園離世，有的久臥在床。

少子化、長期照護，這兩個同樣很新鮮的詞，突然明確描繪出我見到的一切。關於榮民與晚婚，我們是最後的見證者，但在企業經營婚姻移民浪潮襲來之前，我們又是最初的先鋒。

最後的，也是最先的。

農村長大的孩子說，他小時候最常參加廟會和葬禮，因爲身邊都是老人。我的童年也一樣環繞著榮民阿伯，但我從未參加這些人的葬禮，也許我父親自己一個人去弔唁，也許是我父親中風臥病在床之後，他們無法通知，或許他們早就斷了聯絡，或許阿伯最後孤伶伶躺在某個地方而我不知道。知道了又能怎麼樣呢？我連他家在哪裡，叫什麼名字都不知道。

「後來怎麼了？」這個問題沒有意義，他們多半不在人世，就像新聞會下的標題：「無緣死」、「孤獨死」。

○ ○ ○

在別人的故事裡，或許可以看見自己的影子。

我們都曾傻傻地問自己：「我是台灣人嗎？」或者先被別人問了，才想到：「難道我不是嗎？」如今終於有機會在書店面對面，把自己的答案說出來，這時候，我們發現彼此根本不一樣。把我們帶到這裡來的，只是一個微小的希望：「這個人說不定能聽懂我說的話。」

「你媽媽是外勞嗎？」「我是台灣人嗎？」「單身嗎？」「幾歲？」「你是男／女生嗎？」「你大陸來的喔？」這些問題都差不多，只想把我們劃出界線。當我們好不容易解決了「你媽媽是外勞嗎」這個問題，才終於想到，要繼續回答「我是誰」這個疑問。

換個時空，如果瑄瑄、傑克跟我同班，瑄瑄可能是那個班上最有錢、最早拿新手機的女生。我還在跟老師一分兩分討價還價，看不順眼瑄瑄那樣的人，以為課業至上。傑克忙著練球，不想管那些自己無法改變的事，卻用無微不至的體貼，把流浪的小貓帶回家飼養。——畢業以後，這三個人沒有任何交集。

然而，我們現在一起扛起新二代的這個名詞，雖然有點沈重，但這個標籤至少讓我們這些先長大的孩子，在大人的這一端等待，告訴未來的孩子說：「你絕對不是孤獨一人，你看，我們都好好長大了，你一定也可以。」

天黑了，在書店相遇的那個下午之後，我們各自回家，回到那個我們來的地方。或許搭捷運，上網登入臉書，或許在夜市打包晚餐，或許跟朋友借上課筆記，打開聽說很好看的連續劇。跟旁邊的台灣人一樣，呼吸一樣的空氣，拿一樣的身分證（也可能拿不到身分證），思考自己未來要成為怎樣的人，不知不覺間，早就脫下了新二代的身分，這個時候，才成了一個普通得不能再普通的普通人。

團圓小吃店

忘了那個阿姨何時開始睡公園的，她跟我媽一起讀補校，班級大多是新住民，另外幾個只會說閩南語，彌補失學的遺憾，她就是少數的台灣人。班上不時有人跟旅行團出去玩，有人抱孫子，這個阿姨補校畢業之後，拿了一大筆勞保退休金開了小吃店。兩個女兒來，兒子帶媳婦來，孫子來，全家團圓吃飯兼探親。我媽作爲同學，也作爲前餐廳歐巴桑去捧場。開店是許多女人的夢想，這阿姨六十歲的時候做到了。

小吃店怎麼開？租了鐵皮屋，大馬路巷內地段好，趁產權不明進駐，月租只要八千。請一個廚師，月薪四萬，上午十點上班，下午兩點一過就休息，晚上九點準時離開。阿姨在前場招待客人，後台還要做洗碗工，沒人的時候，被請的廚師反而坐在餐廳角落休息像老闆，阿姨東忙西忙。阿姨不是體貼員工有原則，而是根本不諳廚藝，卻開了小吃店，連客人將近九點進店裡想點份炒飯，都要忍受廚師的臉色，甚至忍痛放棄這筆生意。

阿姨喜歡貓，來我家總要呼喚咪咕，甚至加洗放大照片。家貓升格為店貓，媽媽更常去聊天了，另一方面也看小吃店生意起落，但我還來不及看見店貓照片，小吃店就因人檢舉歇業。

鐵皮屋夷為平地，半年後變成速食店停車場。她低價拋售廚房器具，過了幾個月，住的房子也付不出租金，終於，她開始睡公園，幸好只睡了幾天，就找到阿伯合租雅房，月租三千，但清晨六點要出門，晚上十二點前不准回去。有時找到宮廟清掃工作，但她更常待在公園。身邊曾甜言蜜語的兒孫散了，只剩三十多歲的小女兒，以前坐在店裡美美的，在公園發呆很少搭話，這才知道是重度憂鬱，做不了別的工作，只能跟著媽媽。

夏天還好，大家在公園待著吹涼風，附近有閱覽室裝水上廁所，冬天來了，阿姨還在公園，帶著一包家當坐著，不能走太遠。她說她戶籍在金門，老人年金比三重還多，似乎對未來充滿希望。但距離六十五歲還好久，這麼多個冬天，眞能捱下去嗎？她希望日子過得快一點，趕快變老，領取微薄生活費。

以前阿姨晚上去上學總是吃麵包，說她忙得只有這點空檔，回頭想，那時候可能就沒錢吃便當了，最近更是只喝水。忘了何時開始，媽媽不再邀她來家裡，因爲阿姨一定要帶女兒同行，「疑被害人熟人所爲」之類社會新聞忽然閃進我媽的腦海，本來不熟的朋友，也在此時拾起戒心。雖然壞人不分親疏，但從租屋跌進露宿深淵的變化太大，退休金一次賠完的教訓太痛，看她開店，看她露宿，好像隨時會發生在自己身上，漸漸地，同學之間不再那麼親近。

沒機會天天洗澡，阿姨堅持去美髮店洗頭，一週洗一次頭，維持頭髮卷度，這種小奢侈跟她幾十年了，雖然現在不如意，她至少當過老闆。阿姨說，以前做小吃店，說話要討人歡心。我終於拼湊出來，她做過的小吃店，可能不是現在她開的這種，而是別人稱爲摸摸茶的。難怪她開店時意氣風發，被廚師欺負也沒有怨言，儘管拙於刷洗客人吃過的髒碗盤，臉上還是笑的，因爲在那麼短暫的時刻，全家曾有過那麼大的團圓。

貓道

我家巷口便當店的老闆娘每天清早殺魚，多餘的內臟就丟給街貓，一貓一片塑膠袋，就像專屬餐墊。全盛時期，門口有十來隻貓，盤據在地上和機車座椅，吃飽就往鐵皮圍起來的地方散步吃草曬太陽。鐵皮縫隙只有貓過得去，是貓專屬的通道。

白貓混了些許虎斑，不太來貓道，幾乎都待在大街，趴在檳榔小貨車上面的頂棚，沒事低頭看著路面水溝的洞，像在思考哲學命題，偶然看見她嘴邊有老鼠頭和鮮血，才知道她是打獵的哲學家，活了至少十年。

另一隻灰虎斑貓穿著白色長襪，身形永遠是少女，警覺心重，這樣的小花，生了一窩又一窩的孩子。有一回，她放了一窩在便當店雜物架，幾天沒回來，孩子餓得要命，附近的愛貓夫妻帶回頂樓，我上網送養。沒多久，小花又生了一窩，這次沒人知道貓窩在哪，只看到幾隻小貓跟在她後面等著吃早餐。

這些貓不管牠們也會長大，後來漸漸少了。

曾是我家後院的地方蓋起大樓，這些貓無視鐵皮，在鋼筋水泥包來去自如，後來房子蓋好，貓群已經到外地討生活。

黑鼻是小花的孩子，有著幾乎一樣的白底灰虎斑紋，但左肩的虎斑是一顆斜愛心形，小花的愛心長在右邊。鼻頭一樣都是黑的，也因爲是小男生便命名爲黑鼻。

三條街外的公園，有人定時餵貓，還在自家門口騎樓搭了幾個紙箱和毛巾，碗裡隨時有滿滿的飼料。重逢的時候，黑鼻變成一隻健壯的公貓，可見營養充足，但左耳被截去一角，大約也是結紮後中年發福。聽說剪耳貓容易被欺負，他的鼻頭眼睛常常看見傷痕。

看到貓群有人伺候，又有朋友陪伴曬太陽，大概沒有比這更好的生活了。後來，公園的騎樓收了。沒人在那邊閒聊和流浪貓救援，貓群也散了，黑鼻回到這條貓道，沿著新建的圍牆散步。剛開始，我們會招呼幾句，放點飼料，黑鼻有時吃，有時不吃，他吃得很慢，也許是年紀大了牙齒痛，畢竟他的年紀比後面的建案還老，少說四五歲，後來帶了一隻瘦弱的小白貓來，黑鼻不急著吃，全讓給小白貓。

現在黑鼻看到人，會從廚房的窗口叫人，一溜煙從圍牆跳下來，等在他的老地方，那裡有他專用的碗和水盆，就像我們養的貓一樣。有時寒流、綿雨、颱風、爆熱，幾天不見他的蹤影，就擔心他還好嗎，會不會出了什麼意外？

黑鼻不在的時候，才知道這樣日常的光景隨時會消失，但是他回來的時候，喵的一聲，又好像什麼事都沒有，只是出外遲了一點回來。

黑鼻不用像媽媽一樣這麼苦，對誰都要有戒心。但也因爲有高度戒心，小花才能帶大一個又一個孩子。

貓的時代變遷得很快，黑鼻依靠陌生人的善意，到處找吃的，適應環境，一直活到現在，但我們很清楚，他的家族將會在他這一代結束。

無緣之人

「你知道八樓的小鐵嗎？」

離職後的出版社同事聚會，兩年不見，有人換工作，有人生孩子，有人準備離開台北念研究所。出席的人全部交代了，輪到沒出席的同事。

「聽說他失蹤了。」

我在腦中搜尋小鐵的印象，想到他的老闆，想到別的同事，就是想不起來小鐵是誰，我們不同樓層，平日中午不會一起吃飯，不會在同一個咖啡間相遇，也不會打開同一個冰箱。我連他是男是女都不知道。小鐵是他的外號，連公司分機通訊錄上面都沒有這個名字，唯一能確定的是，我在公司群組信看過小鐵的名字。

「最後一次看到他的人說，小鐵在他面前把身分證剪掉，說要去當遊民。」

這個公司的職員都很年輕，幾乎都在四十五歲以下，離職的原因多半是結婚生小孩出國念書換工作，當遊民在這一片願景當中，竟然也像是一種夢想。猜想他離開這份工作的時候，也像我們這些離職的人一樣充滿不確定感，但不知道他是不是確實明白遊民的生活水準、待遇和風險，查詢過這座城市的置物櫃空間，有沒有考慮過把網咖當做暫時的避風港？——不，這些知識對一個要成爲遊民的青年來說，是不是太務實了？

「我們有個譯者也失蹤了。」即將離職的副主編說。「家人報警之後，有天忽然打電話來問我，我查信件記錄發現上次聯絡已經有三個月了。」

「琪琪不知道現在在幹嘛？」「聽說媽媽身體不好，在照顧媽媽。」

結果，失蹤的人不只一個，小小一個餐桌的聯絡網，就有三個。簡直可以寫本推理小說，從行銷企劃、編輯到譯者的出版社連續失蹤案。但我好像可以理解，爲什麼有人想做遊民，爲什麼幾個月之間和家人毫無聯繫，直到有一天報案後成爲失蹤人口。

因爲在他們報案之前，我早就是一個人活在這陌生的城市了。沒有上學、沒有上班，沒有任何需要固定出席的事情。沒有家人、沒有同事，沒有登記在我名下的房子。

有的，是正在處理的稿件，一台發送電子郵件的電腦。編輯事務本來就很少與人面對面溝通，只要文字與圖像確實地傳送出去，人在哪裡也無所謂，拖稿神隱也是應該的，慢工出細活嘛。如果發生任何意外，不見得有人能夠解開你電腦密碼，整理遺稿出版。

更可能發生的是，根本沒人發現你失蹤了。

○○○

一個人把生活過得好，幾乎是城市教給我們最珍貴的事物。一個人吃小火鍋，一個人拍照，一個人看電影，一個人去看病，漸漸地，一個人做什麼都不奇怪，如果再配合拍照打卡直播，那就更沒問題了。遇到長輩問你怎麼不結婚、不生小孩？一句沒有緣份啦，加上腳步夠快，一定可以融入低頭滑手機的人潮。

在一個地方居住、生活和工作，不知道這邊的路，也是很正常的。而且這樣的無緣，早在路邊小吃攤和騎樓就能見到了。

住家兼麵攤的老闆娘生了孩子，孩子一天天長大，就把電視下方的嬰兒床的圍欄拆了，孩子會走了，就把那當做遊戲空間，後來圍欄又圍了起來，裡面堆滿棉被、安全帽、收音機，一些毫無邏輯關係的雜物，共同點是佈滿灰塵，小孩早就不知道哪裡去了。或是狹長的透天厝到了白天就拉起鐵捲門，本來是車庫的地方堆滿鐵架、紙箱，還有小孩的三輪車——這個地方曾經有過小孩，但現在存在於此的，是眞正的日常生活。

就像很多人講的，小孩子一下子就長大了，而他們沒說的是，我們還得花更長的時間老去。

。。。

二九街，位於三重一個沒有確切地址的地方，有個讀者在我的新書分享會上提了出來。傳說那邊有很多外人不知道的交易，身爲三重當地人的我卻不知道這個都市傳說。

那之後，我每次帶著採訪者和攝影師到重新橋下市集，幾乎都會受到當地管理者的阻撓，他們問在這裡拍什麼，要做什麼，說這裡的人不想被拍到，但我們其實不會拍到別人，只是以這個地方作爲背景。這也讓我發現，原來在大學校園、鬧區街上可以做的事，到了這裡是禁止的。

某次我和攝影師約在天臺廣場，攝影師說，我找到了一個好地方，穿越貨車倉庫和後巷，來到一處漏水廢棄大樓，我站在街燈底下，蟑螂聚集在機車椅墊聊天，老鼠沿著天花板電線散步，我從來不知道城市鬧區有這種地方，而門牌就寫著正義南路二十九號之幾幾幾。

我知道，我終於來到都市傳說之地了。這也意味，我們隨時會被驅趕，就像擺地攤的跑警察。

攝影師說沒問題，他在二重疏洪道徵收之初就去拍照，只是不小心穿了黑衣黑褲，被當地民眾通報是可疑人士，警察跑來關切，發現記者跟犯罪份子很難分辨。這邊他也熟門熟路，用閩南語問候來往住戶，他以前也在三重長大，但不敢告訴別人他是三重來的，都說是蘆洲，就怕同學以爲他是流氓。

「來拍什麼？拍我們很可憐嗎？」「拍美女喔，歡迎歡迎。」「記者不要再拍了啦，下個月這裡就要拆了。」「我跟你說，政府應該留下住在這裡的人——」

老人不動聲色從隔間木門走出，坐在走廊架設的路燈下編織塑膠繩。放學路過的小男孩歡快服從攝影師指令，在泥濘地面來回奔跑，製造相片殘影。樓梯上去設置了佛堂，神明看顧著獨居在此的人們，也讓默默死去的鬼魂而有了依歸。

這裡的住戶一住，就是十餘二十載，二百多名住戶裡面，只有兩個小孩——如果小孩長大，不難想像，終究也會離開二十九街。至於長住在此的人們，早有自己的一套生活步調，他們奉獻了數十年的低收入戶補助，像別人那樣勤勤懇懇繳了房租，堂堂正正住進自己的房子，不必吹風淋雨，跟陌生人擠在通舖。就算在別人眼中，這個家沒有資格稱爲家，就算別人覺得他們的生活跟遊民相差無幾，但他們終究小心翼翼呵護著這一扇可以上鎖的門。

住戶不敢奢求二十九街變得更好，就像自己的未來也不會更健康、更美好，但就算只是從深巷門縫流出的收音機音樂，或是路燈照進的一點光線，一場長長的午覺，無疑也是屬於某個人的好時光。所以除了快門的聲音，我們輕手輕腳，小心不走入誰的夢境。

我們也很清楚，產權整合重建一旦成眞，原地重建，新的房子一定會租給新的人，而且最好是收入穩定交往單純不開伙上班族學生，但這些人隨著時間過去，就算不失業不離婚也同樣會變成老人——人在世間的最後一點緣份也將被斬斷，誰要把新房子租給這些無依無靠的無緣之人？

沿著黑暗的長巷，離開二九街，入口白煙蒸騰的麵攤就像城市隨處可見的角落，入夏暴雨忽然傾盆而來，有人停下機車，匆忙穿起雨衣，有人抽菸，浸濕的鞋子每一步都吸滿了淚水，但最糟不過就這樣了。夏雨不像寒流一樣奪取體溫，只是讓一切變得討厭起來，騎樓下認識與不認識的人的擠在一起避雨，沒人互相交談，只是等待這場大雨過去，望著騎樓外的世界，白茫茫一片。

一個人把生活過得好，
幾乎是城市教給我們最珍貴的事物。

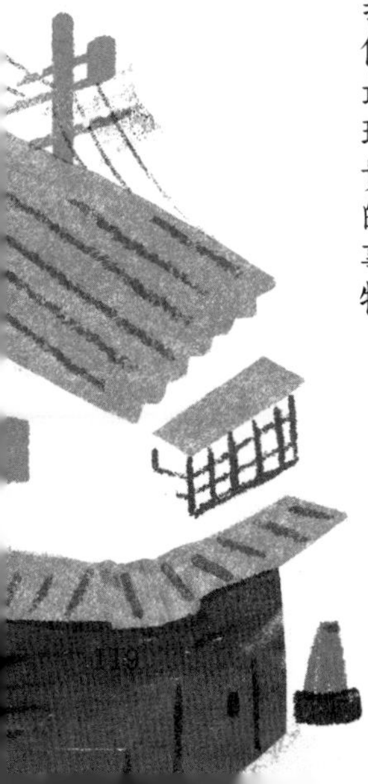

橋下的沙洲

當公車行駛在中興橋上時，你會看見淡水河由三重往淡水出海，中間是一片滾滾的河水，中央那片沙洲被稱爲「台北島」。樹林隨著春夏秋冬，轉綠褪黃，河水在晴朗時反射天空的藍色，大雨過後則是滾滾泥流。城市慶祝祭典時，也在這島上放煙火。

前往沙洲唯一的方式是上橋，從樓梯步行而下。

如果你置身於忠孝橋下，剛開始都是停車位，然後是籃球場，周圍有些小吃店，酒醉的客人大字型躺在米粉湯攤位旁邊。更遠的地方有掛燈籠的平房，菜園用彈簧床鋼絲圍起來，幾隻雞在路上跑來跑去。穿著輕薄的女子潑掉臉盆的水，室內昏暗，外面停了幾輛計程車，是城市邊緣的特種行業。在工地工作的朋友說，十多年前，大家下工吃飽飯找娛樂，路邊招了計程車不必交代地址，只要問司機：「知道『黑松』在哪嗎？」司機就會把你載到台北橋下的茶室了。

前往沙洲的人行天橋蓋在中興橋堤防北端，灰撲撲的沒有任何裝飾，橋墩下用紅色油漆寫著「椎名林檎」、「青少年純潔協會騙殺全國」、「政府吃人不吐骨頭」，有種荒涼的恐怖，幸好我是挑白天來的。

上了橋，紅磚人行道，水泥防護欄，往萬華的方向前進。走到三分之一的地方，有機車和腳踏車停在人行道，下方有一座通往沙洲的水泥階梯。

整座沙洲有一條主要路徑，鋪了平整的水泥，沿著這條路前行，似乎可以環繞沙洲一圈。左右兩邊都散落菜園，競選帆布在這邊成了工寮屋頂、圍籬材料，甚至是蓄水池底座。

一對老夫婦說，他們清晨就從五股騎機車來了，只有颱風天才休息。舉目所及都是河水，但灌溉作物必須抽地下水。老先生是九十幾歲的榮民，耳朵重聽，來這勞動身體。太太陪著他來，忍不住交代我說，這裡很多野狗：「不要走太遠，在這裡要穿雨鞋，因爲有蛇，被咬的話救護車也下不來。」

繁華的萬華和三重，就在眼睛能看到的地方，但這座沙洲的確人煙罕至。

中興橋上曾有哨所，連住在三重的小學生步行去萬華讀書，都要接受訊問，多年前裁撤之後，如今不見蹤跡。另一個六十多歲的萬華鄉親，父母都交代他不要去沙洲，但他們小時候最喜歡搭竹筏，去那邊練撐竿跳、踢足球，他沒想到有人跟他一樣知道這座沙洲的存在。然而睽違了半個世紀，他不曾再踏上這塊沙洲。

橋下的人，其實不想被橋上的人看見。

有一回，攝影師跟我到重新橋下跳蚤市場拍照，這個市場在我童年的印象中規模更大，不輸給永和福和橋下的跳蚤市場，如今重新市場只殘留一小塊。市場的尾端是大骨湯、藥燉排骨等攤位組成的美食廣場，前端則是賣藝品、電動工具、日用品、盆栽的市集。客人不多，我們盡量在市集邊緣拍照，不阻礙動線，卻有個黑衣黑褲的中年男子過來警告：「這裡不可以拍照。」

攝影師見過大風大浪：「我們只是來拍作家，不會拍到後面。」身爲主角的我，立刻端出我所能想像最作家、而不是檢舉民衆的微笑，就怕說了什麼話，只能回到無聊的咖啡店拍照。男子表情放鬆了些，點點頭，就算是放行。

賣仿錶的朋友說，他在重新橋下做過生意，因爲租金便宜，但攤販流動也大，可能有些不合法的交易。有人在凌晨四點開貨車來，車上堆滿名牌運動鞋，一雙隨便賣一兩百塊錢，天剛亮就收工，連租金都省了。他總懷疑是從哪個倉庫偷運出來，急著脫手，才來到這神祕的地方。後來我這朋友賺了一筆，離開擺攤的苦日子，做起安穩的工作，不再回到橋下。

人們終究要回到橋上生活，假裝忘了沙洲的存在。

就算只是從深巷門縫流出的收音機音樂，
或是路燈照進的一點光線，一場長長的午覺，
無疑也是屬於某個人的好時光。

第三幕

她們往哪裡去？

依循童年、少女、出社會的時間軸，堤防彼端疏洪道的荒地，蓋起了停車場和豪宅。

我媽也老了，不會搭高鐵和機場捷運，遠在太平洋另一端的印尼阿姨說，到了這年紀，連找人出國玩都很難。阿姨教我媽閱讀登機證的資訊，表弟用他的名字訂好旅館和民宿，我負責教媽媽尋找航空公司櫃檯和登機口。當我們落地，到了語言和文字都相對容易的新加坡，海關人員要她填寫入境表格，最後周圍的旅客都通關了，我們才慢慢地出去，行李輸送帶早就停了，我們的行李好好地立在旁邊。

我媽的寶就是我

關於成長與老去，從來都不是時間的問題，而是我們如何鼓起勇氣，探索未知的世界。

天亮之後

童年裡最恐怖的是加里曼丹亞洋岸（Andjongan）的夜晚。熱帶的高腳屋屋頂鋪著香蕉葉，房屋錯落在大片的香蕉田間，橫越村莊的馬路泥濘不堪，菜市場聚集在十字路口。

天還沒亮，十歲的她就要去河邊挑水，路上經過芒果樹、荔枝樹、龍眼樹，看著它們慢慢開花結果，再過一陣子就有水果可以吃了。更遠的山上有橡膠園，人們都說樹林有鬼。

橡膠工人在破曉前的咖啡攤休息，他們比她更早起床，去深不見底的樹林割橡膠，因爲等天亮了，就算割了橡膠樹，也流不出橡膠汁。一群溶入夜晚只能看見牙齒的印尼人，讓這個小女孩特別害怕。但她必須硬著頭皮來買咖啡，因爲她爸爸每天要喝。後來她長大以後也一樣，早上不喝咖啡就頭痛。

印尼邦加島的客家聚落流傳著：腰間綁著鐮刀、隨身帶著麻布袋的「剖肚番」，會在偏僻的地方綁架小孩，砍下小孩的頭，做成橋的基座。其實這是荷蘭人強迫印尼奴工在沙哇倫多（Sawahlunto）採煤礦，還在他們的腳上加鐵鍊，但還是有兩三個人逃脫，荷蘭人就捏造謠言警告民衆，這些奴工是壞人。就算人人都知道這故事是假的，但這種故事太方便，大人管不動小孩，就用這種故事恫嚇小孩子。可以想像，她一個小女孩被迫在清晨出門，但爸爸媽媽都還在屋子裡面，離她遠遠地，她也看不見任何燈光，就怕剖肚番忽然從樹林跳出來。

那樣恐怖的清晨，只有母牛和小牛在牛舍，清醒地等著她。那隻母牛是她外婆的嫁妝，雇人牽了三天，從一個村莊到外公所在的村莊。換句話說，也是看著她從小長大的玩伴和長輩。她過了許多年後還記得，「那條牛很乖、很聽話。」

把牛放出牛舍，他們自己吃草、自己下田，也不用她照顧。而她爸爸脾氣暴躁，不滿都發洩在家人身上，做生意被人倒帳還要靠女兒還債，媽媽忙著照顧兩個嬰兒，哥哥也要出外做學徒，除了鄰居小孩，這個家大概也只有牛願意聽她說話了。

這樣挑水來回好幾趟，天漸漸亮了。

灑水種菜、養豬拔草還有洗衣服，村子裡有給孩子上課的私塾，輪流在上午、下午上課，老師則是用客家話教中國話。所以她後來到台灣，雖然認得幾個字，但說不出正確的音調。

我媽在亞洋岸度過人生最初的十二年，接著就發生了反共大清洗，但不是共產黨的人也遭到屠殺，村莊的農民開始逃難。她們家中能賣的都賣了，倒數第三天，一定要走了，只好賣了那隻牛。一般來說，水牛可以活到二三十歲，那隻牛賣掉時不知道幾歲，但也不年輕了吧，逃難的村子也沒那麼多人力跟農田能耕作，牛可能是被人殺了。

「我最捨不得的是那條牛，但是我們也不能帶她走。」她說。「如果沒有逃難，我們一定不賣牛，養到她死。」

從鄉村亞洋岸疏散到華人聚集的大城坤甸，開了她的眼界。父母無田無家，寄住在親戚家中，父親出外在市場賣豆干，她跟底下兩個幫忙的妹妹都被叫做「豆干妹」。就連我們回到坤甸，幾十年不見，小阿姨跟路邊人打探叔公的消息，乾脆自稱豆干妹，對方竟也還有淡淡的印象。

窮人的孩子早當家。

哥哥到親戚家的金店做學徒，是親戚給的工作機會，那家金店是當時坤甸第一把交椅，政商名流指定的商家。父親做豆干不賺錢，工作換了好幾次，有時跟著哥哥做汽車電池，有時在外賣菜。

伯母做了點心，讓她拿去電影院賣，賺點零用錢。這輩子從來沒有零用錢的她，靠著自己的勞力有回報。賺錢原來是這麼具體的事，不必在跑腿時偷偷摸摸浮報菜價，萬一被發現少不了一頓打罵。

「可是我賺了錢，也沒地方放。」

她說，到了二十歲，她還是沒有自己獨立的房間，要跟兩個妹妹共用塑膠衣櫥，賺來的錢只能放在父親的行李箱，是那種老式沒輪子的皮箱，要打開還要用鑰匙。後來她到台灣，買了一個紅色手提日製的行李箱，非常堅固，一直在我們家的衣櫃上方。

哥哥會透過父親，問她能不能借錢買房、開工廠，但她都拒絕了。

「我媽希望我一輩子不結婚，在家照顧他們。」

但外公動不動就詛咒人，跟外面的人處不好，就拿家人出氣。

所以這筆錢是她的嫁妝，也是她的逃命基金。

但他們不知道，以爲這筆錢永遠是他們的，所以好好地保管，直到她買了機票到台灣。

穿過銀幕和時差，來到電影拍攝的背景。

往後，她在台灣存的錢，都會換成美金，託回印尼的朋友帶過去，給哥哥、妹妹或媽媽。但是，這種地下匯兌不怎麼可靠，她還得打電話確認錢收到了沒有。

二〇一九年，我們從坤甸回到亞洋岸時，路上沒了高腳屋，換做了水泥磚瓦房，但田裡還是有群聚的水牛，就像是幾座小山。

縣道旁有家賣鳳梨的路邊攤，老闆沿著鳳梨外皮原本的形狀削皮，因此，每個人都拿到一支像鑽石棒子的鳳梨。手也變得黏答答。店後放著一個生鏽的汽油桶，裡面裝著不知道從哪來的水。

這時候我們有水就很高興了，沒人管那是地下水還是自來水，前面洗手的人手上究竟沾了什麼。

「這是我們小時候裝水的東西。」她說，那汽油桶就是她小時候冒險的終點。過去要費盡力氣到河邊挑水，裝得滿滿的汽油桶，如今卻看起來是那麼令人懷念，成了她可以對女兒說明的道具。小時候的她，原來一直在期待這樣的時刻。

水滿了，天亮了，沒有鬼，路上的人都有清楚的影子。

根本沒什麼好怕的。

那時候不知道自己適合什麼，
只會替這些物品排列順序，
總覺得世界很遼闊，
每一種都想嘗試看看。

不被愛的女兒

外公過世的時候，媽媽沒有奔喪。

託小妹包了奠儀，幾年後回印尼把換好的美金交給小妹，大哥不跟姊妹商量就選好了墓地，自行將外公土葬。下葬的時候，除了我媽這個大女兒，大哥、二妹和小妹等親人都到了，我媽轉述：「大家都帶了食物，彼此分著吃，可是我大妹很誇張，只帶她一個人的自己吃，她從小就自私。」

我不知道這個大阿姨爲人如何，但她至少去了，人根本沒到的長女我媽，眞的可以批評她嗎？

回到印尼之後，我媽也沒能去墓地看上一眼，被我問了以後，她才說：「我是想去，可是我哥沒提，我妹妹沒空，我自己沒讀書，不知道在哪裡，沒辦法去就不提了。」

但事情過了這麼多年，不說的話，沒人知道你想去，他們可能也忘了你沒去過，就算他們沒空，只要問到地址，花點錢包車，事情就解決了。這兩年印尼有了網路叫車系統，在雅加達更不用煩惱交通的問題，但我媽總是一句「我沒能力」，就這樣放棄自己的想法。

「我記得我爸都是一個人去拜拜。」

童年的她總記得，外公會在中元節的時候，殺了雞、騎腳踏車去某個地方祭祖。小孩子和其他人都沒去過，後來逃難，連老家都被拆掉，也沒人回去加里曼丹亞洋岸，更不知道祖墳在哪了。

她們都用客家話稱母親爲阿姨（發音：ㄚ一ˋ），據說在她們這個世代及之前的印尼客家人都這樣叫。外婆說要火葬，但那是她被判定失智以後的決定，後來又反反覆覆，沒人知道最後到底怎麼辦。但我媽說過，若是外婆過世，她準備隨時回去印尼。

媽媽說過，外公外婆對她並不好，外公會詛咒孩子，外婆會叫小孩做粗重的活，自己卻待在家中，我媽總覺得自己是挑水挑矮了（但我沒挑水、從小喝牛奶也沒長高），這或許是她沒有動力奔喪的原因。大阿姨是家中最被疼愛的孩子，我媽和小阿姨時常數落大阿姨的不是，但在我看來她也沒做什麼壞事——只是做得不像其他孩子一樣多罷了。

但也許就是多了那一點疼愛、多一點寬容，讓我媽意識到她不是那個被愛的小孩。甚至也不是最會賺錢、嫁得最好的。所以，她總是說自己沒錢、沒空或是沒有能力回印尼。她唯一能做的，就是走得遠遠的，遠到沒人看見她。

沒有能力，成了她唯一的護身符。

我曾以爲她沒機會讀書，所以失去了很多機會，幫她報名了識字班，其實她的程度比許多越南來的從頭學起的同學好。她認識大部分的國字，發音也讓人聽得懂，這樣偷跑，學起來應該蠻有成就感的。然而我小時候學很久的注音符號，她們的國語老師只用一堂課就教完了，我媽拿了手機，還是不會用注音輸入，但她就算用語音輸入，資料庫也聽不懂她國語的腔調，只好用手寫的方式傳訊息。新住民和其他剛識字的老人家一路從國小、國中讀上去，還有人一邊帶孩子、一邊工作、一邊讀高職，但我媽覺得國中畢業就好了，不想再讀了。認識英文字母（印尼文也是用二十六個英文字母拼音）、能用中文溝通，兩地有專人接送到機場，自己找到登機口應該不是那麼困難的事情。但沒讀書讓她有理由不出國、不回家。

她最驕傲的事情是幫我爸買了一張生前契約，葬在體面的靈骨塔，這輩子就葬在台灣。當別人問她先生葬在哪裡，她只要說起名字，「別人都嚇一跳，說那個很貴。」但跟帝寶比起來，靈骨塔貴不到哪裡去，一提起這張「門牌」，卻能讓生者感到光彩。雖然我爸生前早在福建修了家族墓地，我十二歲時還去看過嶄新的墓石，就等著刻上他的名字。但如果葬在那裡，我們掃墓就變得很麻煩了。

每年中元節前後週末，我們會帶著靈骨塔業務員建議的六菜一飯，前一天去自助餐店打菜，以專用不鏽鋼餐盤裝著，還有水果零食，把菜熱了以後帶去三芝山上祭拜。一般家族會在祭拜之後，找個位置一起吃冷掉的飯菜，但我們會立刻下山，回家吃別的東西，那些飯菜只好扔掉。雖然很不環保，但我不習慣吃隔夜飯菜，更何況是自助餐打來的素菜。

老祖宗爲後輩創造共餐飽食的機會，但在現代可能還需要加上微波爐，或是炸雞、蛋糕、香檳之類更療癒的食物。

我曾想過自己的告別式該怎麼做，首先，不要在我的遺體耳邊放唸佛機，我平常寫作很少聽音樂，死了也不用準備。我的婚禮歌單是法國樂團ＡＩＲ和椎名林檎，葬禮歌單還沒什麼明確的想法，請大家直接參考這兩個方向。七天一次還是幾天一次的法會，要大家跟著法師唸經的，因爲我唸過我爸的七七四十九天，雖然不是每天都唸，但我對往生者的認識一點都沒有加深，只擔心自己在錯的時間跪拜、找不到經書正確的頁數。如果眞的要唸經迴向，那麼就買我的書，辦個讀書會吧。如果我的書絕版了，你可以帶別人的書，或是放動畫、影片給我看，一樣可以接受。

所以我理想的告別式是這樣的，停靈那幾天，大家來到某個簡單的空間，帶個精油，或是選個你喜歡的香氣，打開水氧機，運作十五分鐘或半個小時。

如果熟人之間想聚會，因爲我討厭吃冷掉的菜飯，請你們在用餐時間訂個披薩，分著吃，聊一下彼此眼中認識的我，這樣我就很感謝了。

總之不要唸經。聽說人死後最後消失的是聽覺，所以容我再提醒一次。

我媽自己想葬在哪裡呢？

她問了周遭朋友，心中也有了概念，對她來說最重要的就是距離近，「不要讓年輕人跑兩個地方。」看看清明節的車潮就知道，有人的一天就在移動中度過了。但她想了想那個塔位的空間，「妳爸那邊放兩個骨灰罈好像不夠？」

兩房一廳的房子，坦白說我也覺得有點小，於是我說：「感覺還是環保葬比較好？」

「海葬、樹葬不是給沒有子女的人嗎？」

「那種也有祭拜的點，不是讓別人踩來踩去的，就像你種花的時候會在下面撒肥料一樣。」我沒說的是，現在垃圾不落地，骨灰這種垃圾也不可以隨便丟在公園。上網查了新北市環保葬的地點有兩處，一個是新店，一個是金山，都符合我媽離家近的定義。

寫完書之後，我們還是找個時間去公墓看看好了。

我是勞碌命

「我是勞碌命，所以我媽不喜歡我。」我媽常這麼說，她的八字太輕，只有二兩四，所以不被疼。但我讀小學時忘了是哪堂課了，老師也說過，人的八字不宜太重，誰誰生了個將軍命的孩子，但三歲以前被上天收回去夭折了。

「那個姊姊命就很好，她有四兩多。」

二〇一七年，我們去香港探望阿夢姨，她先生罹癌，膝下沒有子女，房子也是窄小的樓屋，但物品擺得極爲整齊。這樣算是好命嗎？我不知道，但似乎也沒有因此不幸。

後來採訪了另一個中年女子，她家中有三個孩子，都是女生，她排行老二，跟妹妹是雙胞胎。家中經濟寬裕，但她記得是幼稚園的時候，有天媽媽把她帶出門，留在別人家中，她一直哭，就被送回來了。長大以後，她才明白自己被送養了，只是因為一直哭而被退貨。媽媽常拿這句話取笑她。

「為什麼是我？」做了母親以後，她還是不懂為什麼，雙胞胎不是一模一樣，大人還會常常搞錯嗎？為什麼是她被送出去？青春期以後，她都在外面生活，結婚也沒有邀請家人出席，沒有家人諒解。後來她從姑姑口中知道，應該是算命的說她命不好，會剋父母，所以媽媽從小就不喜歡她。解開了這個籠罩她一生的謎團，但也沒有辦法可以解決。即使算命可以當做一種統計學，但在這統計之下的孩子，不是很冤枉嗎？

但，我們很少聽到男人說，他的命不好，頂多是運氣差。這會不會是因為那個重男輕女的時代，生到女孩的女人，不知道要怪什麼，就只好怪罪命運。也常常聽到父母寄予厚望的男孩，淪落得人見人怕，這說不定也是算命的說他好命，而大家又助長了這誤會。

「算命的說，我會嫁到很遠的地方。」我媽說這句話的表情，堅定不疑，像是在堅硬的牆面鑿出一個洞。

她從小就想辦法自己賺零用錢，自己買機票，自己決定嫁給誰。她眞的像算命說的一樣，嫁到台灣來，在沒有教育資源的情況下，也沒有太多限制，按照自己的想像帶小孩。所以我補習的時間比同年齡的人晚，國中最後一學期看同學紛紛參加衝刺班，想了想，自己做了決定才去的。

我媽沒問過我的命有幾兩，不像她的父母親那樣。還是我上了小學以後，自己翻農民曆，計算自己的命有多重，印象中也算是差強人意，但我不會因爲我的命有幾兩而困擾。

我出生滿月的時候，被親戚帶去找了瞎子算命師，這人聽了我的生辰八字，就說「這孩子的父母不是台灣人」，親戚說是啊，想測試這個算命師，但老瞎子堅持不是，大家就奉爲神明。

我猜，雖然我爸媽都不在場，但抱著我的這些人都是華僑，老瞎子的推論也是很合理的。總之鐵口直斷，這孩子命中有文曲，有貴人，將來會當官。我媽最開心的時刻恐怕還是，這個小孩不像她，長相不像，成績不像——這會不會是一種對自己最深的否定呢？

「我是勞碌命」是我在童年時期最常聽到的一句話。換成別人，大概會覺得媽媽在暗示「我這麼辛苦都是因爲你」、「你還不用功讀書報答我」，但我媽從來沒有把外婆的那句「我不喜歡你」掛在嘴邊情感勒索，而是毅然停止傷害下一代的循環，用行動證明「全世界我最喜歡你」，用女人的勞碌命，在餐桌放滿我愛吃的菜。

即使算命可以當做一種統計學，
但在這統計之下的孩子，
不是很冤枉嗎？

平行線的愛情

我的爸媽是兩條平行線。

爸爸很瘦，常常嫌媽媽太胖，但我媽其實吃得很少，家裡沒有男性之後，她常常在家赤身裸體，讓我想叫她穿上衣服。他們各煮各的，爸爸在餅店二樓跟老鄉吃飯，媽媽在家跟我吃飯。只有過年，爸爸請老鄉來家裡作客，但中餐吃完了還要吃晚餐，我媽嫌麻煩，每次看客人來了就帶我出門，小孩子就高高興興在無人的城市晃盪。爸爸在路邊撿舊衣，媽媽在菜市場和成衣批發行買衣服。我們住的公寓有兩個房間，一個是爸爸的房間，有時有老鄉同住，另一個是媽媽跟我的房間。爸爸撿狗回家，後來我撿貓回家。狗老了病了被我爸丟了，貓從不挑食浪貓變成了挑嘴貓。他們很少聊天，我能聽見的都是電視的聲音，他們各自跟別人用福州話、客家話聊天，溝通的時候用國語。

我有時會想，他們知道彼此都有逃難的經歷嗎？

過了很多年以後，我才從美國老堂哥那邊知道，我爸那邊有四兄弟，他是老么，家中有八分地，但對外說是一畝，這點資產還不算是地主，是中農。我爸是家裡最會讀書的，老師還特地到家中勸我爺爺奶奶，一定要讓這個小兒子升學，我爸也跳級讀了初中，但在那個戰亂年代，最多也就讀到初中。老堂哥說：「你爸頭腦比較好吧，那時跟著做大官的人走了，但我們這些有海外關係的人慘了，爺爺也上吊死了。」

爸媽兩人唯一共同興趣是盆栽，自我有記憶以來，公寓後方空地種了桔子、木瓜、蘆薈、杜鵑花，媽媽從市場搬回聖誕紅、印尼姊妹送的木芙蓉。然而這片荒地大部分都是狗尾草，風吹過的時候有沙沙的聲音，走過的時候會被割傷。

父親常常住院，因爲痛風、中風之類的慢性病，又很快地好起來，回到餅店做工。幾次進出醫院，在我讀國中時住進安養院，躺在病床上無法起身，安養院離家走路不到十分鐘，媽媽每個禮拜都去探望他，而我都在讀書打電動，就算跟去了，也不知道要說些什麼，只能等他問問題，但他沒了假牙、含糊的發問，只有媽媽聽得懂。「幾點了？」「讀書讀得好嗎？」幸好有讀書這個理由，我很快就回家了。

我喜歡讀書，考上第一志願，只是那個第一志願不是我的第一志願。我原本的第一志願是號稱校風開放的高中，但國三申請的時候沒上，反倒是總分較低的同學上了，我不甘心，既然如此，就按照分數分發算了。等到進了別人的第一志願之後，才發現這裡是怪人收容所，開放自由這種東西因爲早就有了，不值得拿出來說。十個同學，就有十一種奇妙的性格。反倒是考上我夢想學校的少女說，她在那學校過得太痛苦了，從樹林早起搭火車來的她，被笑作是猴子。（我那些從基隆通車的同學怎麼辦？）在男女合校的氣氛下，社交手腕比什麼都重要，但她不懂也不會，甚至得了厭食症。

幸好我待在怪人收容所，猴子同學上了大學也都跟我們混在一起，有時會忘了她跟我們讀的是不同高中。我媽則在很多年以後說，「幸好妳還是讀了北一女。」原來她這麼希望我讀第一志願，但她從來沒有說，說了我也不一定會照她的話去做，也虧她忍了這麼久。換做一般的家庭，父母一定會明明白白威脅利誘，放榜時放鞭炮請客燒香謝佛，但我媽只是默默地把我的高中制服收到現在，從來沒丟掉。

我走在自己因緣際會選擇的路上，人生的第一場新書分享會，朋友陪在我媽旁邊，她說：「妳在台上的時候，妳媽好像眼角泛淚。」雖然可能是老化流眼油，但我無法求證。我想起更久以前，考慮辭職寫作，我媽說這條路她也不清楚，也從未做過穩定有退休金的工作，所以不會要我做她自己做不到的事，想做什麼就去做，能養活自己就好了，又說：「妳爸應該也喜歡寫作，只是沒機會做。」

原來我媽很少看書，對讀書也沒有太大興趣，但她注意到跟她像平行線一樣的男人很喜歡讀書，有時抄寫句子。這就是愛情吧？不見得完全理解這個人，但始終默默觀察著。我倒是沒想過我爸有沒有機會成為作家，但在那個戰亂、忙著賺錢的時代，也沒有親人在身邊，大概就跟大部分的人一樣沒機會。

後院的荒地要蓋大樓時，我爸留下的合歡花生得高大，撐破盆栽往下紮了根，帶不走，只好砍了插枝再種。花在另一片地種活了，漸漸長高，每年過年前還會紛紛開花，只是花期只有兩三天，這朵謝了，就換那幾朵開，有時還有貓在那底下休息。以前只知道那是花，但在野外看到的合歡花往往長得比人高，其實是喬木。看來我們家的這棵合歡花，只要長得夠久，說不定也可能變成一棵大樹。

只有自己可以依靠

「妳從小就是個很健康的小孩。」她說。

她去串珠工廠做手工，因爲貧血的關係常暈倒，有一回從半層樓的地方摔下來，沒人發現，也沒怎樣，就自己醒了站起來——那時她挺著五六個月大的肚子。

她一直以爲那是因爲我屬牛的關係。

但現在總覺得不太對勁，就算沒出血，身上也會腫個包、瘀青什麼吧？

對她來說，摔倒了爬起來就好，不必大驚小怪去安胎。雖然沒人知道這件事，但工廠後來還是請她走人，那年代也沒有什麼產假，頂多有本事再回來上班。

「妳剛出生，有一次從床上滾下來，妳爸爸在下面打地舖，還好是掉到他身上，不是掉到地上，妳爸也嚇一大跳。」

後來，他們買了有柵欄的嬰兒床，一直到我小學畢業才丟掉。但我很早就睡在普通的雙人床了，常常在那上面扮家家酒，在彈簧床上跳來跳去。某天傍晚又從床上跌下來，第一時間是想哭，但我發現沒有大人在家，哭也沒用，就坐在原地等待疼痛過去，再回到床上不那麼激動地玩。不時摸一下頭上的包，反正那上面長了頭髮，沒人會看到。

起初，她想回工廠工作，但小孩沒人顧，就問二樓的家庭主婦願不願意幫忙帶，她打算拿自己的薪水支付她的保母費。鄰居說要想想，這事就不了了之。等到她找到家庭手工的工作，鄰居答應說好，但她想算了，自己邊帶孩子邊工作，賺少一點也沒關係。

事實上，她就算出去上班，根據統計也只是多了不到一小時的休息時間，差不了幾個錢。那些裝著家庭手工的麻布袋，一樣是她經濟獨立的證明。

有時，這個鄰居讓我到她家吃午餐、睡午覺，等媽媽下午回家接我。鄰居主婦做的飯菜確實不怎麼好吃，但她的孩子大我不到五歲，也願意跟我玩。但我始終不明白的是，台灣人睡午覺一定要脫外衣嗎？

就算在夏天，主婦都會準備薄被、開冷氣——這東西在我們家要等到二十多年後才會出現。要我們把制服、褲子都脫掉，只剩下內褲窩進去。是因為我們的衣服很髒嗎？我記得這個主婦，長年都穿著白底紫碎花的寬鬆睡衣，髮型則是萬年不變的卷卷頭。後來，才知道不是每個家庭主婦都二十四小時穿著睡衣。

但她總是恐嚇我媽，小學的課業很難。結果我上了小學，拿了獎狀，她就說國中不一樣；等到我讀私立學校，她說高中壓力很大。我逢年過節沒有什麼堂表兄弟姊妹可以比較，就只有這個鄰居關心我的課業。高中大學沒什麼好煩惱，按照志願填就算了，這鄰居也就沒有話能說了。基本上，這個恐嚇到我考上高中就停止了。倒是她自己的女兒，第一次沒考上大學，重考一次也沒上，就不顧家中反對去從軍，幾乎跟家裡斷絕關係；當家人習慣了軍公教眷屬的好處之後，這女兒又毅然放棄軍職去讀大學，讓主婦覺得自己損失很大，因此也一直討厭這個女兒。

「我如果是她女兒，我也會這麼做。」我媽下的眉批是：「靠自己最好。」

我那些在台北求生的朋友，就連過年都不回去了。滑動手機，全是大家在日本各地的照片，工作越忙，越有藉口在連假出國，機票旅館再貴也要去，讓人覺得這不像是度假，反而像是逃難了。就算遇到選舉，也是當天來回，秉持絕對不過夜的原則。事實上，家裡也早就沒了她們的房間。

有一次，我接到一通電話，「我的東西可以借放在你家嗎？」

她爸爸失業了好幾個月在家，她也退了台北的房子，回老家陪伴家人，老爸不知道爲了什麼原因，在大家不在家的時候，進她房間，砸了她的東西和書桌，就連門都壞了。聽起來，這會是一場不知道何時結束的借放。而且我們家已經有劇團解散無處可去的招牌、道具和黑膠-地板，還有朋友夫妻離婚後一時搬不進房間的高級收藏，應該是裝不下她的書桌和其他東西了。

也因爲這些無限期的雜物，讓我知道，這世上有種服務叫做個人倉庫，這世界沒有錢解決不了的問題，我雖然沒說，但如果她需要幫忙，我可以代墊前幾個月的錢。若是這些東西也不值得你付任何一塊錢，或許從一開始就不用花心思安置。

後來她回到台北，帶著簡單的行李，暫時住在別的朋友家，找到房子以後再安頓下來。

幸運的是，老家的房間也沒再被破壞了。而我的朋友們也陸續取回她們的物品，另一些沒帶走的，他們也決定不要了，由我們通知環保局回收大型廢棄物。後來有整理師告訴我，替人保管物品的風險很高，若是未經對方同意丟了，要吃上民事官司。原本是好心收留，最後卻什麼都沒有。

我們家因爲爸爸撿破爛的關係，沒有多少空間。但有一個從小很疼我的遠房姨丈，跟阿姨離婚了以後，打來電話問過我媽，「我有點東西可不可以放在妳那邊？」我媽當時拒絕了，因爲家中雜物破爛已經夠多了，因此，她始終不知道他想寄放的是什麼，只記得他喜歡喝啤酒，所以她會在冰箱裡面放一些藍銀條紋、最便宜的台灣啤酒。

不久以後，知道姨丈住進安養院，我媽想著要去探望他，「那時候不知道在忙什麼，一直沒去見他。」她說。

沒多久就收到他過世的消息。

冰箱裡的啤酒不知道是過期了，還是快過期了。我們就套蘋果西打喝掉。

那之後我們很少買啤酒。

你絕對不是孤獨一人，
你看，我們都好好長大了，
你一定也可以。

沒喝到的咖啡

做工的時候特別愛吃，那杯二十歲沒喝到的咖啡，我媽到六十歲還記得。

那時，她在雅加達成衣廠做女工，包吃包住，做了半年。有個男同事沒事喜歡摸別人胸部，講幾次都沒用，反正老闆也不懲罰他，女工只能自己保護自己。成衣廠什麼沒有，剪刀最多，「我生氣了，往他肩膀捅下去，警察要抓就抓我好了。」她說，當地警政腐敗，到時再用錢疏通，但我覺得她也沒多少錢，不然幹嘛做女工？

那男人命大沒死，肩膀用咖啡粉敷著止血就算了，老闆沒叫誰走人，男的還笑笑對她說對不起啊，從此不再欺負我媽。

在親戚的成衣廠工作，學不到技術就算了，連佣人都能無視她，佣人明明白白地對她說，老闆娘交代，「咖啡不用給你喝。」寄人籬下，喝杯咖啡都要看人臉色，幸好她有工資，錢能解決的都是小事，自己出門買咖啡，還能加碼吃麵包，老闆大概想說是親戚，你不可能不做這工作。她想這樣下去，一輩子只能做最低階的工作，等她學到拷克，總有一天要去別家工廠。

明槍易躲，暗箭難防，某天裁縫桌上放了一堆做壞的內褲，老闆娘對人說，「都是阿妹做壞的。」沒有當面查證，也不知道是第幾次惡意中傷，我媽聽到，衝過去說：「是誰講的？妳當面問我就好，爲什麼要誣賴我？」講完摔門就走，叫了人力三輪車回家，她家其實也不遠，二十分鐘就到，親戚還把她東西送回家。

與其做親戚的奴隸，不如爲資本主義賣命，後來，她去了一間跟親戚無關的工廠。

有新的工作機會去棉蘭，離家遠遠的，又是一個有美食、華人很多的城市，但她想若是親戚帶她去，萬一又受委屈，不是三輪車回得來的距離，還是留在雅加達領週薪，比較自由。有空就看邵氏電影，認識一點中國字，在她心中，台灣大概滿地都是二秦二林俊男美女。她也會帶兩個妹妹，花掉三週薪水去看劉文正演唱會，存一年多的薪水跟同事去峇里島玩了半個月。她二十五歲時，親戚要帶她去香港，但她錢還是沒存夠，怕買不起回程機票，離不開親戚那些閒言閒語。

二十九歲那年，她一個人搭飛機到台灣，幾乎沒有任何親戚，工作也是朋友介紹的，串珠項鍊比成衣更沒有技術門檻，雖然一樣沒人給她喝咖啡，不過台灣工廠本來就不流行喝咖啡。這裡的人都說著電影裡面的語言，她雖然聽不懂，也看不懂公車該怎麼搭，至少不用看親戚臉色、聽人說閒話。在這裡，她是一個新的人，無父無母，可以用自己夢想的方式生活。

我現在的樣子不但取決於得到了什麼，
也取決於捨棄了什麼吧。

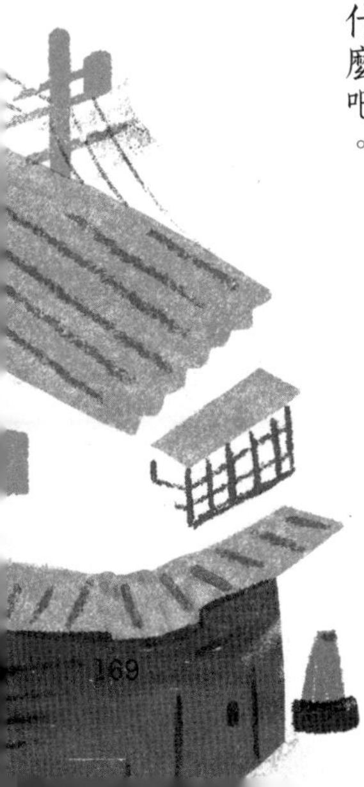

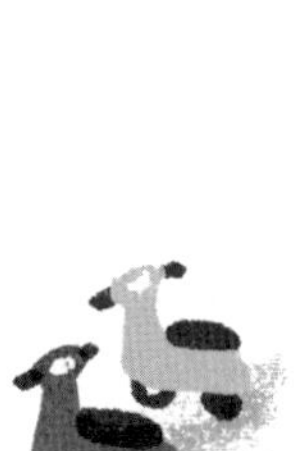

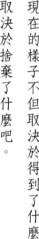

沒有手機，沒有朋友

我媽上了年紀以後，每天早上醒來，就會坐在客廳玩手機遊戲。無法過關時，就折損一次「生命」，每天總共有五條命。幸好連結的是我的帳號，總有些臉友互贈生命，讓她能夠多玩幾次。

不熟的臉友問我寶石方塊打到第幾關了，但那是我媽打的成績，我只是懶得替她申請新的帳號，省得記不住新的密碼。我以爲會打寶石遊戲的都是老人，結果有個奇妙的專業人士，問我遊戲打到哪啦，後來才發現他是在業界赫赫有名的大人物。

「那是我們學校的權威，沒想到他竟然在玩。」我的朋友說。沒錯，那人就算在虛擬世界也超前了一般人可以到達的程度。朋友奇怪的是，他們都在同一專業領域，卻沒有任何共同朋友，可能是這個前輩特地避開。朋友發了邀請，果然沒被接受。後來這個前輩在市區菁華地帶辦了油畫展，他本人站在門前導覽，還送我親筆簽名的書。即使眞正見到面，我也沒辦法對這位和藹的長輩說：「很抱歉，其實我根本沒在玩寶石方塊。」

有的長輩比年輕人還懂得手機。某次在大賣場，聽到七十多歲滿頭白髮的老先生說，比方說蘋果手機用最便宜的就夠了，剩下都用iCloud，兩年花的錢還比升級容量的價差划算。

雖然我婆婆高中畢業的學歷比不上專科畢業的公公，因爲她身爲長女，要做美髮養大她下面的弟弟妹妹。但如今家中水電到手機設定，全都是她一手包辦，對於科技懂得比她的同輩多，只是心底一直有遺憾。

這不光是上一輩的認知，我不只一次聽過身邊的女性寫作者說，「我太老開始寫作了。」但小說又不是寫眞集，她才三十歲，爲什麼會覺得晚？相對於我們對時間的急迫感，我遇過的西方女性則說，她自己覺得四十五歲拿到博士也不晚，寫論文比較重要的是紀律，不是年輕。

我擁有的第一支手機是破產的大衆電信ＰＨＳ的Ｊ８８，後來再也找不到如此堅固的手機。我國中跟著同學買的，雖然不用月租費，螢幕畫素也比不上現在的平板手機，但我的電話費曾一個月飆到一千多元。因爲手機每一種功能，我都想試試看，所以繳了很多學費。網站上有各種星座情報、交友網站，我在那裡認識了各種日常生活不會遇到的人，學會編輯自己的交友簡歷，大概也因此提升了企劃提案的能力。

我曾經整支手機掉到馬桶，拆開背蓋、電池，晾乾三天以後，又能開機了。有了第二支手機以後，還會拿這支來做對講機。

最後，這支手機因爲免月租費，成了我媽的手機，讓她又用了好些年，直到某次上公車，手機從口袋滑落。她的口袋總是裝著各式各樣的東西，每件衣服一定要有口袋。就算她常在菜市場掉錢、找不到鑰匙、被陌生人撿到在便利商店面交——這回是手機滑落地面，被路過的機車騎士撿走，這事就發生在警察局門口！她打電話回去，對方說贖回要兩千元，當時大衆電信日薄西山，用了這麼多年的手機也夠本了，乾脆換了五千多元的粉紅貝殼機。再後來，2G轉換3G，很難找到按鍵手機，那門號也不要了，換成預付卡搭配平板手機。剛拿到的手機特別寶貝，她就怕自己亂按弄壞它。

有一天，我媽說手機螢幕變成四條色塊，我很驚訝她怎麼還在用，沒說要換手機。桃紅色的皮套磨出咖啡色的邊，塑膠套早就發黃了，底部甚至裂開一個大口，她必須小心地把手機推回鬆脫的保護套。如果有比裸機更危險的狀態，大概就是不知道什麼時候會掉下去。

她說：「沒有手機就沒有朋友啊。」

上網做功課，研究了她需要的功能，選了最低的價位，不追求拍照品質的話，那就什麼都好說。正逢選舉當天，人們返鄉了，台北的街上像過年一樣，人很少，但進到家電賣場卻是人擠人，店員不停回覆說哪些機型還有現貨。這家店裡，有更多人帶媽媽出來買手機。

反正都是排隊，經歷了漫長的排隊公投，也不能悶在家裡等選舉結果，因此，收銀台前滿是排隊人龍，好像幾千塊錢的手機不用錢一樣，

買了手機、拆了盒子，接下來，才是挑戰的開始。

付錢買新手機不是問題，就怕通訊錄不見，遊戲記錄從頭打起。唯一的悲劇是，Line 聊天記錄消失了。

Line 一直是個神祕的軟體，備份不完全、照片影片會過期、這邊傳出去但那邊顯示沒收到，最誇張的是，有人撥打「免費通話」，但我的手機在十五分鐘後響起，我們面面相覷，心想這世界是否有另一個對方。這才解開了，我不是故意不接，對方也確實撥打的眞相。

請她隨便傳個句子吧。

Selamat malam.

「妳看得懂我寫什麼嗎?」她問。

「懂啊，就是晚安的意思。」畢竟我去學了六堂印尼語呢。

買完手機、設定完成，回家之後，她自己輸入了WiFi密碼，自己按下「連線」，聯絡了所有朋友。若有不懂的地方，我媽甚至會拿著手機，從三重到台北橋的另一端，找她之前工作的同事，問Line更新之後怎麼不能用了。有時只是Line改版，儲存、傳送的位置稍有改變，她就找不到功能。

看來手機不只是虛擬的連結，也是她們敘舊的動力。

Selamat malam.

帶媽媽去旅行

不知道從什麼時候開始，大家流行起帶長輩出國，好像擺脫了親戚的問候，忙碌的行程能沖淡彼此的質疑。另一方面是，年輕人出了社會幾年，日本去了幾次，帶人似乎也成了一個選項，讓長輩看看他們這輩子沒看過的風景，對世界或許會有不同的理解。

出社會以後，我開始帶媽媽去旅行，旅程中會問她覺得哪裡好玩，作爲之後出遊的參考。若是我自己一個人旅行，走的是流浪漢路線，邊走邊問人該去哪，一不小心就會錯過用餐時間。比如十九歲第一次出國自助旅行，跟大學同學去北印度，經歷了垂死之家、細菌感染、住院生病、旅伴愛上當地人脫隊、跑步追上火車像動作片抓住車門扶手卻看見旅伴撞上電線桿……如果帶著媽媽，當然不能有這樣瘋狂的旅程。以前去過的地方，加上三餐，大概排一下就好了。

二〇一五年，我帶媽媽去京都，她一生說不定只會來一次，所以想給她好一點的，吃住預算都比我自己旅行高一些，不必比價儉省過日子，住宿的旅館還可以打開兩個行李箱。景點我都去過了，發現京都沒有想像中的大，騎腳踏車就夠了，而且不怕迷路。第二天下午，我吃完午餐以後吐了，五月底的關西比往年都熱，我竟然中暑了。媽媽說沒關係，我們回住宿的町屋休息，但我竟然睡不著。

因爲條通很窄，老房子的隔音很差，連腳踏車經過的聲音都聽得見。媽媽拿出她常備的安眠藥，我一吃就斷片，睡到傍晚天快黑了才起床。腳踏車提早還了，我們改搭公車，距離我上回來京都過了兩年，京都的公車也有了面板顯示，穩穩地在自己希望的地方下站。那天預約了著名的湯豆腐，在鴨川的納涼床上享用懷石料理，結果我媽問：「他們有白飯嗎？」

還眞的沒有。

這之後，我不用煩惱吃什麼高級料理或排隊拉麵，隨便的連鎖店就解決。反正名店都開在內行人才知道的地方，觀光客衝完行程，往往也錯過了店家的營業時間。走在路上，媽媽忽然說要上廁所，但剛剛在店裡或經過公廁的時候怎麼不說呢？幸好是在日本，廁所的日文我還會說。但，我忽然懂了，旅行團爲什麼總是上車睡覺，下車尿尿，導遊精準地掌握旅客排尿的頻率，不時還會恐嚇一下大家，等一下可能會塞車之類。

我一個人只能排些景點和餐廳，廁所這種事不會認眞排進行程，自己看不就好了？但媽媽是不會自己看的，所以每回經過廁所，都要問她：「要不要上廁所？」教她辨認廁所的線索，比直接幫她掃視環境還困難。但我同時要看手機導航、辨識看板指標，還要幫她找廁所，感覺像是到國外考察公共衛生，而不是到景點觀光。後來我到了人們說廁所很難找的巴黎時，一點也不覺得有什麼難的。

天花板的指示牌也好，著名的速食店也行，這一切都是有跡可尋。但因爲媽媽很少離開三重生活，這世界對她來說比別人更陌生。有一回，我們在台灣的美式商場，大家像大風吹一樣佔下用餐區座位，另一些人去點餐。她看見廁所標誌，自己說要去上廁所，我才發現她終於學會了在陌生的地方自己找廁所。但如果人在國外，如果沒跟緊領隊，在語言不通的地方，我媽可能連自己的旅館都回不去。她不知道，其實她可以自己拿著旅館的房卡和鑰匙，這樣在最壞的狀況下，計程車也能載她到目的地。

二〇一七年，我們第一次去香港探親，因爲她說好多印尼姊妹都去過香港，所以她想去，只是跟朋友約了要去，對方又會臨時失約。因此，這麼近的地方，我們拖到這麼晚才拜訪。

一路往前，行李推車進門，上樓，推車不用迴轉，就能直線出去。

剛進香港機場，我就被行雲流水的速度吸引。第一次來香港，我只記得手扶梯速度很快，快到我從來沒走過左邊。剛入境在等酒店接駁巴士，旅客大部分來自馬來西亞，竟有超過一半來探親，他們跟我媽年紀相仿，而且能用客家話溝通。這香港島上不知到底有多少移民？這裡是我媽在二十五歲那年，湊不出機票錢而不可得的地方，晚了快四十年，她才終於抵達。

那些住香港的親戚，是我媽的大阿姨、小阿姨、某某姨、某某姐，我也不必修正爲姨婆、阿姨，任由她們沒名沒姓，只是個單純稱呼。我也像個平輩那樣，接起手機對我媽說，嘿，你阿姨打來了。但這樣很容易跟媽媽的姊妹（也就是我阿姨）搞混，不知道是在說誰。

全都見了一輪，這些散落在香港、我媽幾十年不見的人，其實常常在她的故事出現。我媽逃難時期住的是開姐老家，那個在坤甸好心收容救濟難民的堂哥，就是開姐的親哥哥。

我媽年輕時看電影都會找阿夢姨。小阿姨是跟家人鬧翻來香港三次，三十三歲才嫁成的老阿姨。在商場賣名貴藥材食材的大阿姨已經七十六歲，一直說她抽不出時間去澳門，因爲小小的一個店面，一個月就要四十萬房租，休息一天都會虧錢，更別說什麼退休。

開姐想來，但必須等兒子下班才能來旅館找我媽，因爲就算在自己住了幾十年的地方，她也不會找路。大夥約了隔天早上見面，謝天謝地，開姐的兒子能用普通話溝通，輸入手機號碼時，他的頭銜被我設定爲「開姐兒子」，在我心中沒名沒姓，反正我也就是阿妹（她們這樣叫我媽）的女兒，彼此彼此。

小孩是這群姊妹的眼睛、是通訊軟體、是腦也是腳。她們只要吩咐一聲，我們就會把事情辦好。從約時間、挑餐廳到交通方式，我這回來香港，完全不必管行程是什麼，整場飯局，我們這群老孩子都吃完了，那兩個作爲主角老人卻沒動幾口，只顧著講話。

到了她們家，平常上班的孩子開始打瞌睡，邊聽她們聊。開姐兒子的客家語聽力比我好，因爲父母在家就用客語，我第一次覺得有輸人一半的感覺，就是不多不少，輸一半的爸爸。

開姐因爲腳不方便，囑咐兒子帶我們遊覽香港長洲島。「你舅舅很好。」「你外婆也很好。」我媽對那兒子簡短說明她在逃難時期的事。「你媽媽跟我一樣姓吳，因爲她跟媽媽姓。」這個兒子三十七年來，都不知道他媽媽從母姓，也不知道媽媽有個雙胞胎姊姊。他用普通話告訴我們，「可能是我沒仔細聽。」我完全理解，有些話因爲媽媽說了太多次，我們反而不會試著去理解。

這個男孩有英國護照，因爲他在香港政權移交以前出生，但他從未踏上英國的土地，也不覺得自己跟英國有任何關係。後來他也帶著媽媽從香港來台北找我們。

媽媽一個人飄洋過海，從印尼來台灣結婚，但她不曾一個人搭飛機，而是跟著印尼姊妹同行。到了定點，比方台北的家或雅加達妹妹家以後，她就再也不動。就算到了雅加達的菜市場，也要藉助阿姨的幫助，才知道物品價格。在泰國他鄉遇到印尼人，對方很開心地跟她說印尼文，但她只能簡單說兩句就沉默了，對方乾脆跟我們其他人說英文。

去年到了新加坡海關，要填寫入境單，我寫好了自己的份，旁邊的協助人員也會說中文（識別證上寫的），沒有比這更好的練習機會了。雖然我寫一定比較快，但應該讓她自己填。我媽眼前至少有兩個辦法，一是請工作人員協助，二是自己填。工作人員用英文問她，但一聽她回的是中文，就不想幫了，只說，這單子有中文你自己填。

她填得很慢，周圍的旅客都散了，大廳只剩下我們兩個人。我的打算是，海關總是要下班，不然我們就在這住下了也不錯。

媽媽終於填完了單子，把寫錯的兩張紙都扔了，還帶了三張單子回去，她說，下次就可以在家裡先填好。雖然我不知道下次新加坡會不會換格式，或她還會不會再來這地方。但她能自己學會，不依靠別人才是最好的。

出了海關，行李輸送帶早就停了，我這才知道晚出關的旅客根本不用尋找自己的行李，一紅一黃，有人幫我們把行李箱立在地上，不受任何人打擾，靜靜地等待我們。

旅程結束，離開新加坡時，我直接用電子通關，但她的指紋過不了，只好走人工通道。於是她跟陌生人排了許久，花了比較多時間，幸好我們的時間很充裕，逛精品店也對我們沒什麼意義。而我在海關這端，遠遠看著她在這段路上，學會了跟前後的旅客攀談，拿出護照和櫃檯，自己回答了海關的問題。過來的時候，她很驕傲地說，她通關了。

媽媽好笨

我想騎腳踏車。

不是有輔助輪，而是只有兩個輪子，像鄰居哥哥姊姊騎的那種。

——這是我幼稚園中班時，唯一的願望。

家中有我爸撿來的小腳踏車，但鄰居都陸陸續續拆了輔助輪，我也不想落後，要加速踏板超越他們。拆去輔助輪的車主，總是驕傲地在別人面前滑行、轉彎，甚至樂意把自己的車借給還不會騎車的小孩，大家彼此扶持維持平衡。

我踩上別人的腳踏車，雙腳踩不到地，但我不怕，只要腳掌都在踏板上，就能站著騎，摔了幾次，終於可以掌握身體重心加速的時候——我發現我不會轉彎或煞車，直直地撞向牆壁，腳背連接小腿的地方流血了。但我也非常確定，我會騎腳踏車了。

「我在妳學會以後，才開始學腳踏車，因爲妳說『媽媽好笨』，我才想到對啊，爲什麼我不會呢？」我媽說。

我不記得自己說過這句話，但確實記得那段時光，有車的借給沒車的，會騎的幫不會騎的推車。好多人在剛落成的公園騎車繞圈，地面有水窪也不會閃，跌了幾次以後，就眞的會騎了。我媽那時候，大概也三十六、七歲了，這個年紀還願意挑戰騎腳踏車，可以說很不容易，後來她都是騎車去買菜、看醫生、到河堤運動。現在她六十多歲，換她看不起那些沒有交通工具的婆婆媽媽，她會說：「為什麼她們這麼笨呢？」

剛來到台灣，鄰居都以為我媽不識字，但她讀過幾年私塾，認得幾個字，只是都用客家話唸，所以她說的國語沒人聽得懂。有一天，一向對印尼人沒好感的老阿嬤發現我媽識字，問她，「妳怎麼看得懂？」我媽不想解釋，就回：「因為我聰明。」意思是，連我從印尼來的都看得懂，妳笨到沒救了。這一點小小的反擊，讓她很得意。

後來我聽過類似的經歷，有人從小就跟著父母移民國外，但別人看了她的名字就知道是外國人。剛開學，她什麼都還沒做，就有陌生同學特地來挑釁：「妳會講國語嗎？」她也懶得解釋，只回：「我說得比你好。」我們知道自己是誰，只是你自不量力，討來一頓沒趣。

笨不笨，是相對的概念。鄰居阿姨生了一個智能障礙的兒子，偶爾得空帶著成年的女兒跟我媽出門，女兒從頭到尾都不跟阿姨說話，阿姨不間斷地跟我媽說話，聲量大得讓旁邊乘客受不了，罵她：「說話幹嘛這麼大聲！」那女兒沒制止她媽，像個陌生人一樣，反倒是阿姨趕緊安慰我媽沒關係，我媽哭笑不得地說，「人家是在罵妳。」阿姨不覺得生氣，只說：「沒關係，他跟我兒子一樣頭腦不好。」樂觀到這個程度，活下去確實比較容易。

媽媽不知道的事很多。

比方說，搭完汽車，她不知道要隨手關門就走了，駕駛也沒辦法自己關上後座的門。比方說，吃東西嘴巴要閉起來。大概是我長大之後被誰指正了吧，才改正這習慣，之前我總以爲只要吃得很快、吃完就好了。但知道了閉嘴吃飯這件事之後，發現周圍的人早就默默遵行基本的餐桌禮儀。媽媽跟我在家通常是面對電視吃飯，不會看見誰的嘴巴。她吃飯時不會閉上嘴巴，食物像進了滾筒洗衣機一樣攪拌壓碎，提醒過她幾次，也或許急了一輩子，沒辦法改了，但看她在印尼的姊妹都不會這樣啊。我們只能盡量不要跟別人聚餐。

也因爲她的國語口音不標準，芋頭是「義頭」，高雄是「溝熊」，應徵工作時就算拿出身分證，也沒辦法證明自己是台灣人，別人照樣以爲她是「大陸妹」。告訴她附近哪個小吃店徵人，她都像是沒聽到，繼續抱怨找不到工作。我有跟她說話，同義詞總是只能用最簡單的，出門在外，她會說去「拉尿」。我有時會忍不住慶幸，幸好我長大了，旁邊沒人聽見我們說奇怪的話，附近也沒有任何認識我的人。

她會問：「爲什麼你們到家了都會傳訊息給別人，但是不告訴我？」我才理解了，因爲妳從來沒做過，我卻特地報告不是很奇怪嗎？而且我們早就習慣了：「別人有的事物，跟我們沒關係。」原來她希望也有人那樣告訴她，只是我們過了很久才知道。

任何知識都要靠自己才能得到，否則永遠沒人會告訴你。一路上，我穩穩當當升學了，但考大學時卻有了盲點。國文老師推薦我去申請戲劇系，那是我人生第一次聽說舞台劇，高三時另一個營隊老師，買了票請我去皇冠小劇場，記得上演的是徐堰鈴的《踏青去》。但我知道有戲劇系的時候，已經錯過了台北藝術大學獨立招生的時間，幸好還有聯合招生的申請、推甄和指考這些管道。若不是因爲這些貴人，我要接近寫作的機會，大概還要繞更多遠路。

大約是在十七歲這個時間點，我發現了棉條這個新大陸。

其實我所處的求學環境相對性別友善，常常有人大喊：「誰有衛生棉借我～」但就算是這麼開放了，我從未聽過有人提起棉條，護理課老師也沒教，是我自己上網發現，後來還免費提供一根十來元、特地去台北東區藥局買來的進口紙導管棉條，讓同學試用，不用一下子買一箱。果然同學也說好用，皮膚不會起疹子或破皮，甚至能減輕經痛。但就算這樣，也沒有多少人願意嘗試。這時，我也難免跟我媽一樣疑惑：「這些人爲什麼這麼笨？」

再過了幾年，知道了月亮杯，去歐洲旅遊順道去藥局買了，就算不好用，反正一個幾百元的東西，丟了也不會多心疼。結果月亮杯克服了棉條的許多缺點，時間更長、游泳時也不會倒吸水份——這個從一九九九年開始商業化的商品，截至寫稿的當下，我自認自己的同溫層很厚了，卻只知道有兩三個台灣女生朋友使用。

我眞的不明白。

就算試了覺得怪怪的，改進技巧、更換型號和品牌，總能找到自己適合的吧？身爲女性，這輩子不見得會有人生伴侶，總是要面對月經吧？爲什麼寧可浪費時間，也不願意尋找適合自己的物品呢？

結婚以後，先生跟我帶公公、婆婆、我媽一起去泰國過年，交通食宿的預算列好之後，就按照人頭分攤收取，不怕欠誰人情。先前我們各自帶過長輩去日本，知道他們的喜好，只是人多了一點，應該不至於有太多變化。怕讓他們走路，我們盡量叫計程車，沒想到曼谷計程車比我們預估的難叫，五個乘客必須拆兩批，前後落差了半小時。

我們跟民宿訂了三間房間，布置各有特色。公婆先到，選了離門口最近的房間進去休息。我跟我媽半小時之後才到，還有兩間房間，媽媽選了最小的一間，後來處處看不順眼，第二天我們要跟她換又不要。某天，她忽然改口大家看她沒錢，才讓她住這間。但我們很早就跟大家收了旅費，就是爲了避免「出錢的人最大」。我猜，就算大家同時抵達選房間，她也不敢住最大的房間，因爲她只有一個人，不像其他人是一對。對她來說，她也想得到最好的，但身爲長女讓她習慣退讓，還是旅行社那樣統一規格最好，沒人得到好的，也沒人得到差的。

到了異國，媽媽去哪裡都要跟著人，就算是她不喜歡的逛街行程，也不願意先回去休息或分頭行動，事後再批評別人的選擇很無聊，自己又提不出想去哪裡。某天晚餐過後，看她累了，多問了她幾次，要不要我跟她先回去，別人繼續逛夜市。

「我不累！我不回去！妳以爲妳多了不起？妳看不起我！我老了沒用了！」我從來沒看過她這樣發脾氣。我想我有許多地方做不好，但是「看不起」她，是我從來沒想過的。也許是別人表現得比她好，人在國外，語言不通，格外覺得自己脆弱吧。

有一回，媽媽難得出國想買支錶，但我們怎麼想都應該去日本掃，或在台灣買都好。旅行回來後不久，她說她在台北地下街買好了。她其實不需要全世界CP值最高的錶，只是想提醒自己曾在哪裡停留，有過哪些回憶。年紀越大，越想得到立即的滿足，不再抱持不切實際的妄想。簡單、負擔得起的錶就夠了，只是我當時沒發現這點。

離開曼谷時，公婆兩人先搭一台計程車去捷運站，我們叫另一台車去會合，但後來的司機怎樣都不肯在尖峰時段載我們去指定捷運站。最後是婆婆自己帶著公公，比手畫腳搭機場捷運到了機場，距離結束登機手續時間只剩五分鐘。這需要更強大的勇氣和臨機應變的能力。若是換作是我媽，之前教她看登機證、登機口和航班資訊，從來都沒認眞聽。直到我在印尼的阿姨笑媽媽不會自己搭飛機，我媽才意識到，這其實跟學歷無關，只要會基本的字母和數字就行了。

偶然在某天，她說她去應徵過我說的小吃店，但對方不跟她聯絡。她不是懶惰不做事，也許是她老了，也許是別的原因。

在世人普遍的目光中，我現在也算是沒有穩定工作，反倒是花了很長的時間正視了「媽媽很笨」這件事，她確實是這個世界上，最初把我的存在當做一回事的人。顯然我也不是全世界最聰明、最漂亮、最會賺錢，符合這社會價值的人，只是身爲她的女兒，她就願意無條件接受。

而我理解了她以後，似乎也就不用她來理解我了。

年紀越大，
越想得到立即的滿足，
不再抱持不切實際的妄想。

青春掃描物語

他們常顧慮兒女工作很忙，心中即使有疑問也想等到孩子們有空再說，反正這一生已經花了很多時間等待，也或許是不習慣擔任發問的角色。

幸好，我媽去唸了國中補校，老師替我教會媽媽用滑鼠，老學生們也在課堂上努力玩連環新接龍。我在電腦網頁和桌面各處設下捷徑，不知道的人八成以爲我一天到晚玩遊戲。直到平板電腦、智慧型手機普及，計程車司機和早起運動的鄰居動不動點開螢幕說「這是我女兒」、「這是我孫子」，儼然是科技產品最佳代言人，我趁機問媽媽要不要學拍照，雖然家中沒嬰兒，但撿來的虎斑貓也夠可愛了吧。她還是回答「我又不像他們那麼厲害」，始終沒踏入螢幕的世界。

我想，該是掃描舊照片的時候了。

從暗無天日的防潮箱挖出舊相本，一張張相片從塑膠紙下抽出，捲起的底片對準檯燈展開，貓毫不客氣地一屁股坐在影中人的臉上，媽媽有些好奇又怕打擾我似地走進房間東張西望，晾著雙手看著掃描機發出強光，她有了機會檢閱這些記憶，一個個畫面閃動浮現，黑白底片逐漸還原爲每年慶祝的生日蛋糕、彩色蠟燭，小孩子一下子就長大了。倒是我國中、高中、大學時代的照片很少，那時我和同學少年少女不喜歡被拍，覺得臉上的青春痘很惱人、制服裙很彆扭、瀏海裂開等等，攝影集和雜誌的風格更是學不來，自己又不是什麼明星——或許就是在那段時期，我們學會了害怕失敗。

我媽留下的照片更少，只有二十多歲和朋友出遊的畫面，她的童年從來沒拍過照。或許是把我的童年當作她的，小時候每次出門她一定帶著傻瓜相機，盡量把底片拍完，拍不完只好帶回家，拍拍小孩在家跟著八點檔主題曲舞動，結果反而成了最珍貴的照片。

搭遊覽車去哪些景點我一點印象也沒有，同車的叔叔阿姨玩伴也沒再見過，那麼努力出去玩，似乎只是爲了讓拍照有個冠冕堂皇的理由。

不過，就像我消失的學生時代一樣，相本幾乎不見我媽三十到六十歲這段時光。那時候的她大概是拿著相機，忙著消耗每一張底片，忙著送去沖印，忙著拿回來以後一張張塞進相本，忙著和生活搏鬥。這樣靜止的時光，已經是最後的餘裕。這幾年，她去補校唸書，跟我差不多年紀的年輕老師習慣性地替同學拍照，我看見她戴著老花眼鏡站在台上練演講，照片毫不留情沖出她的白髮和皺紋，這才發現媽媽眞的老了。

成年後，我學著上網搜尋一切，對於到菜市場走逛還要殺價的勞動興趣缺缺。一晃眼，我媽已經很久沒買衣服了，直到要參加侄輩的婚禮，才知道身材發胖穿不下標準的禮服。婚禮也是個麻煩事，男女主角本身要決定很多不重要的事，像是婚紗、相本款式等等，這種消費行爲最後演變成眞愛的試驗。說眞的，業者總說這是一生只有一次的事，但反過來說，既然（運氣好的話）只辦一次，有個交代就好了嘛，又不是天天要吃的便當或要用的水龍頭。婚紗不美，可以再拍；水龍頭關不緊，每次洗完手都要惱怒——日子還是要過下去的。

現在的我，隨時可以把相機拿過來，自由地笑，自由地扮鬼臉，可以記錄生活，可以從容地老去，連鏡頭也扭轉過來，看見自己的每一個角度。不厲害、不專業、不漂亮也無所謂，反正什麼都值得試試看，即使不再年輕也一樣，現在我們要做的，不止是頂住遺忘，還有把握當下。

話說回來，親戚在我的婚禮中雖是配角，但也得加入這麻煩的陣仗以示尊重，於是不實用、不便宜、不保暖的禮服登場了。平常不會化妝的媽媽，只能枯坐等待新娘秘書的空檔。這不正是自拍的好時機？單純以打發時間的角度來看，也是很好的活動。數位相機不用底片，按下快門一點也不貴，還有倒數功能和自拍桿（注意別揮到別人），螢幕等於觀景窗，不會再發生手指擋住的意外，立刻就能看見自己的模樣，拿相機的人終於不必再缺席了。無需擔心自己不是攝影師、不是模特兒，即使只是個平凡的人，也能捕捉永恆的時刻。

拜新人的婚紗所賜，我們見識到攝影棚、大相本、周邊產品，手機裡面也有免費的雜誌封面效果ＡＰＰ，讓人覺得自己置身在世界的中心，每個人都是公主和王子，過著幸福快樂的日子。即使這樣的一天很短暫，至少學到了壓腳板抬下巴。不用說，這次拍照完又拿到了折價券，明年還能再拍，成了折價券的無限迴圈。

朋友看了成品之後說，這跟妳高中拍的沙龍照差不多嘛。說得也是，畢竟化妝就那幾招，禮服終究是禮服。十七歲的自己總擔心最好的時光要過去，就像席慕蓉的詩：「如何讓你遇見我／在我最美麗的時刻」。結果發現十七歲才不是什麼最好的時光，再問我一次，我絕對不回去那個睡不飽、背沒用單字的時代了。

風味料理

下午三點，我媽提了一袋剩菜回家，我隨便吃兩口就出門寫稿。最近餐桌上多了些新菜色，雖然名稱不一樣，但不管是番茄牛還是咖哩牛，統統都是同一鍋。只是將味道一層一層疊上去，讓人以爲今天吃的跟昨天不同。

這是我媽從咖啡店學到的新招式。

前兩個月，失業許久的我媽應徵咖啡店的廚房，我半信半疑該不會遇上了詐騙集團——現在的咖啡店不都以女僕做號召嗎？

我媽只是個在早上沖泡即溶咖啡的歐巴桑，這樣也沒問題嗎？

沒想到，竟然有限定員工年齡在五十歲以上的咖啡店。

這家不可思議的小店，在台北正中心稍偏一點的路上。

合夥的姊妹倆在公寓二樓做咖啡豆生意，我媽在廚房中負責簡餐，來往的客人多是從事教職的熟客，整體步調慢而輕鬆。

我媽的職業婦女生涯，剛開始可不是這樣子的。

她先是去麵店工作，老闆是她的堂姊，也就是我的表姨。

表姨在新莊海山里打了一間鐵皮屋賣麵，當時我剛上小學，記不得好不好吃，只知道防火巷被當做廁所使用，蹲著尿尿的時候，可以從裡面看見木板縫隙外的街景，推門出來，手裡提著一包溫溫熱熱的塑膠袋。

我用粉紅色的束口帶打包，把塑膠袋交給我媽，不知道它們下落如何。

這家路邊攤不怎麼講究衛生，不時會出現蟑螂炒飯，表姨還會把盤裡吃剩完整的水餃揀起來，下水賣給次一個客人。

那段時日之中，我媽沒能學會美味的秘訣，倒學會了如何在擁擠的麵店裡保持平衡，不讓翠綠的蔥花灑出湯碗。

午餐後的三點到五點，是我媽唯一的休息時間，她從海山里坐車到三重，又要馬上帶著剛放學的我去上晚班。每天從早到晚，只有老闆生病才能放假。

等我媽練得手腳俐落的功夫，她就向表姨辭職。

後來她去了我家附近的自助餐，學會了炸排骨以及各式炸物。又去了新莊著名餐廳，學了做鳳爪、魯肉飯、翡翠水餃、銀魚蒸蛋等大菜。

等我成了大學生，這時我媽在幼稚園的廚房準備幼兒伙食，切碎所有食物：大黃瓜、貢丸、火腿、胡蘿蔔，就連玉米粒都要放進果汁機打碎，才能煮出細滑的濃湯。

園長爲了省下電費，飯鍋一跳就拔插頭，大家常常吃到沒有熟透的飯。但再怎麼努力，還是撐不過學生逐漸減少的命運，幼稚園倒了。

我媽開始在客廳摺紙蓮花、剪線頭，她跟同齡的歐巴桑在一起有說有笑，有人要去里民活動中心學做壽司，我媽想跟著去，鄰居這麼交代：

「但沒繳材料費不可以吃喔。」

我媽說，沒問題，她在旁邊看看就好。——從此我家的餐桌上多了一道豆皮壽司。

我吃過米飯和豆皮分離的、醋飯太酸的，但我媽現在包的壽司是職業級的，可以拿去菜市場賣了。

「我如果在這裡有讀到書，會說台語，就天不怕地不怕了。」

有時她會發出這樣的慨嘆。

我大學畢業那年，遇上次貸風暴，找工作半年一年可以說是家常便飯，那時在補習班教課算算跟全職差不了多少，讓人捨不得放棄，心想繼續唸研究所也無妨。但讀書一年下來我沒存到什麼錢，還是決定休學、告別指導教授，帶著這年紀人人都有的迷惘工作去了。

慢慢地，我替家裡添購微波爐、沙發和冰箱，過年包個三千塊給我媽。覺得存款可以讓兩個人過上三個月之後，我決定在家寫小說。

辭職的時候，老闆笑瞇瞇地問我：「妳什麼時候回來？」

「看情況吧。」心想我要靠寫作自立，絕對、絕對不要再回來啦！

這時失業好些年的我媽正好經由鄰居介紹，進咖啡店工作，每天早上九點出門，三點回家。

咖啡店阿姨人很好，養了一隻英國可卡犬，五十歲了仍單身，雖然在三芝跟市內都有住所，但喜歡住在女子三溫暖。

有一天，在這個市中心主要道路偏離一點的小店二樓，阿姨的初戀情人來了。數十年沒見的兩人，只遠遠地聽聞對方消息，重新見面的時候，一個終身未婚，一個已經離婚。

阿姨悄悄地問我媽：「這件事妳沒跟我姊說吧？」

我媽忙著手邊工作：「妳說什麼？我什麼都不知道。」

店裡偶爾會出現吃剩菜的廢柴，沒有正職自稱在寫作的年輕人。

這些人聚集在咖啡店裡，展開新的事件。

我媽說：「我年紀大了，不知道能做到什麼時候，但能做的時候就盡量做。」

聽到這樣的話，我能說什麼呢？就——盡量寫快一點好了。

廚房主權

結婚後第一次過年，我媽拿出大半輩子的絕活，做了蝦球、醉雞、梅干扣肉這三樣大菜，隨先生跟我一起返鄉吃團圓飯。三樣菜漂亮吉祥，更重要的是，蝦球只要烤箱加熱，醉雞本來就涼的，直接從冰箱拿出來就好，扣肉電鍋蒸過就能吃了，秋毫無犯婆婆的廚房——多少女人的戰爭在此開打，絕不可在此輕舉妄動！先生翻遍便利商店年菜目錄，思考公婆愛吃的食物、拜拜可能會用上的甜點。然後，我們上路了。

但牛牽到北京還是牛，我從台北到了高雄，一樣連水果都不會切。

婆婆是全職主婦，生了兩個孩子，都在外地工作，只有連假的時候回家。雖然家中只有兩老，卻有四個冰箱，存有大批的冷凍魚類，都是從漁港直送。魚類處理程序之麻煩不在話下，換成專業的我媽，怕也要喊苦了，但婆婆手起刀落，乾煎、煮湯都難不倒她。

「未諳姑食性，先遣小姑嘗。」先生只有一個妹妹，跟我同年，但一樣沒有料理的技能，平常睡到十一點半，所以睡到十點半的我算是早的。第一年，我還會站在廚房旁邊，看看有沒有要幫忙的，但不知道調味料、杯盤擺在哪裡，也不知道料理的程序，後來就變成只負責端盤子上桌。有時是菜都上桌了，最後才叫我去吃飯。

但飯菜上桌以後，就是我的事了。

這魚煎得漂亮、菜葉鮮綠、口感酥脆、胡椒粉尤其能提出魚湯的甜味——

我負責舖張的修辭，這是我從小在家練出來的刁嘴，當我媽在自助餐廳上刀山下油鍋，求快求好，動不動有割傷水泡，我就是第一線把關的品管。帶便當去學校，雙層飯盒裡面裝的是炸排骨、松子清蒸鱈魚或是三鮮燴海參。我們母女去吃餐廳，圖的不是方便，而是學習新菜色，然後回家研究怎樣才能到達職業水準。所以我家從來沒買過年菜，外面做的根本沒得比。我們的三餐就是討論：現磨胡椒比較漂亮、冰糖煮過的肉有光澤、煎魚前要吸掉水分……。

我婆婆雖然身經百戰，但畢竟只有兒子、女兒和丈夫三個評論家，我的母親卻要應付千奇百怪的食客，更別說是奧客，動不動找碴嫌菜難吃。一點功夫全無的我，只要反過來思考，就能看見婆婆在別人不足的地方有多少努力。這點不管在廚房或語言都一樣，桌面上不可能每道菜都完美，但就是那麼零星的成功，才顯現出這個人的與眾不同。

要是什麼都不懂，連難吃的菜都稱讚，本來只是善意的虛偽，聽起來也像惡意的諷刺。對待別人的失敗，沉默便是最大的善意。如果有幸成功，那千萬不要吝嗇，就算是簡單的煎蛋也一樣需要鼓勵，因爲打破的蛋和切醜的水果，都被留在廚房。所以煮菜的人常常還沒吃飯就飽了，因爲她們已經吞下了太多失敗。

後來公婆從高雄搬到三芝，大家都在台北生活了，就約定到先生跟我居住的地方過年，大家就像聚餐一樣，吃完晚餐之後各自回家。

有一年，祭拜後要在陽台燒金紙，但我家陽台鋁門年久失修關不了，婆婆問我怎麼關，我不知道，但關門沒什麼好煩惱，用力關就好了，一次不能，兩次總可以吧？果然第五次的時候，門玻璃承受不住撞擊的力道，碎了。歲歲平安。原來是這個意思。有些很少打開的門、很少做事的人，過年會聚集在一起，展現出故障的狀態。

樓下的人以爲樓上發生槍擊案，婆婆和公公把碎玻璃掃好，我們只能站在旁邊，尋找遺落的碎片。壞掉的門要這樣關：老房子的門框和牆壁都傾斜了，所以要將門的上方推回，卡進門框，這扇門的下方就有機會闔上。只是門雖然能關了，但大過年的沒人補玻璃。後來每逢初一，家人還是會叫我上來拜，然後說這樣就好了，我可以回去工作了。過完年，我先生買了透明壓克力，補上原本的洞，變形的門框用砂紙磨平，這扇門又能輕易開關了。

剛開始的幾餐飯後，婆婆還是默默自己一個人洗碗。因爲我曾在自助餐後巷，陪著我媽用橘色的大臉盆，做了一段時間的洗碗工，過個肥皂水和清水就完事，不太清楚怎樣算乾淨。我在旁邊看婆婆洗了幾次，終於有信心把碗洗乾淨，也能把東西歸位之後，就說，交給我吧，婆婆爽快答好，說不定她已經等了這句話很久。

我抹洗碗精，先生沖水，但洗過的碗不斷被退回，我才知道飯碗下方和鍋子油垢這麼難清理，我們平常標準沒有這麼高，但這是別人的餐具和別人的空間，不比自己家中隨便。

有一次，我們去拜訪前輩，他的妻子說起，洗碗機比家事服務還好用。機器沒有情緒，洗到一半還可以打開丟進去，不會打破碗盤，也不會發出怨言。另一個有雙胞胎的家庭則說，她家很小，無法把洗碗機放在水槽旁邊，只能放在陽台，但就算路程遠一點，她也覺得一切都值得。除了這兩位，我認識的人們之中，沒人覺得有必要買洗碗機，也沒人去嘗試。我想過就算失敗，買了一個大型廢棄物，就當做花了幾萬元，去了一趟失敗的旅行，低價賣出或請五金回收業者搬走，認賠殺出就好了。爲什麼要被一個不確定的想像（洗不乾淨、浪費水、浪費時間）綁架呢？我只知道，要了解一項事物，必須抵達現場，用自己的雙眼去看，用自己的雙手確認。

洗碗機眞的洗得比我乾淨。

杯具底部沒有茶垢，炒鍋的把手亮晶晶，鍋蓋縫隙死角都洗遍了，連沙茶醬的玻璃瓶都能洗乾淨——原來這世界上有這種東西，是我太晚認識你了。我覺得很抱歉，竟然讓洗碗機的才華被埋沒。如果我早點洗碗，一定會早點發現，但因爲我太少洗碗，到了過年才意識到，把碗洗乾淨確實不容易。地板髒了人不會怎樣，杯盤很難一個都不用，就這點來說，洗碗機絕對比掃地機器人必要。客人來家中聚餐，也不必客氣拿著用過的杯子到水槽過水，再裝另一種飲料。全部丟到洗碗機就對了。現在洗碗機在我們家中已經成爲景點。

後來才發現，很多人喜歡做菜，但不喜歡洗碗。尤其是過程中產生的器具，打過蛋的碗和筷子、裝了蔥末的碗要不要過水再裝飯？喝過水的杯子還很乾淨，但杯緣有嘴巴留下的油漬。我算過一個人手工洗碗的時間，兩個大人自炊的份量，大約要洗十五分鐘。而把碗盤放進放出洗碗機的時間，人工同樣是十五分鐘。就這點來說，洗碗機並未節省任何時間，但節省了判斷一個物件該不該洗的心力，因爲洗好的碗不會濕濕亮亮，分不出是油是水，而是溫暖乾燥的，光用摸的就知道洗乾淨了。

我們回婆婆的娘家拜年時，奶奶交代我，要跟婆婆多學，以後才會做出一樣的味道。但我對味道沒那麼執著，在國外生活幾乎都不會懷念家鄉味，這種體質說不定也算是才華吧。我比較想學的是婆婆的求知欲，她告訴我在家中練歌的APP、做瑜伽的YouTuber，還有買基金免手續費的網站。

我從媽媽身上領悟到餐飲業的眞理：「燙到才會出師，燙越多越快出師。」我常看見她切到手、燙到哪，塗藥膏、用OK繃一裹再上場。要煮好菜，這段路是免不了的，可是我媽一點都不想讓我煮出跟她一樣的味道，她一點都無所謂，她就是覺得，別說是切菜備料，就連油滴都不可以噴濺到我的孩子。所以我不會切菜割傷，沒被油鍋燙過，因爲我連廚房都很少進去，可以去發展煮菜洗碗以外的能力。

遺憾的是，我媽不想要洗碗機。

三重家的水槽旁邊絕對有六十公分的空間能裝，我也樂意出錢購買，甚至找到不滿意就能退貨的通路。但她洗了一輩子的碗，洗得很快很乾淨，想不出有什麼理由可以買。她說：「我二十歲到雅加達的時候，都是我媽跟嫂嫂在煮菜，那時候我出社會，常常在外面吃。」

年輕的她薪水有三分之一都花在吃好的，一點都不手軟。有一天，小她八歲的妹妹抱怨家中伙食很差，我媽雖然記著，也只能偶爾買吃的給妹妹，不能餐餐煮給她。她嫂嫂當然無法滿足每個人的口味，日子就這樣過下去。後來，我外婆親自下廚，卻把所有的食材煮成了四鍋湯。

「你煮一鍋湯就夠了，其他應該炒菜啊。」我媽說，一般人到外面點餐，就算湯品再怎麼好吃，都不會只點湯吧。有魚、有肉、有菜、有飯還有湯，才是比較有意義的作法。結果我外婆說：「你禮拜天放假，你就自己煮吧。」想想也是，外婆這一生跟著外公種田、賣豆腐，根本沒有多少上館子的經驗。

「我十歲就開始做飯，只是我嫂嫂不知道。」我媽說。想來是爲了逃避家事，才讓渡廚房主權。反正大家上下班吃飯的時間不一致，想吃的話，自己做就好了。她身爲有收入的姊姊，就擔起買菜的責任，十二歲的妹妹開始學料理，肚子餓了就給自己加菜。學會了煮飯，就沒人能欺負你了，愛吃什麼就吃什麼。

對她來說，在廚房忙和一整天，不只爲了塡飽肚子。我媽喜歡做菜，也有天份，看了電視節目的主廚做什麼，她就自己實驗，有時成功，有時失敗，而成功多於失敗。從早到晚，剁椒備料，開火燉煮到擺盤上桌，甚至連洗碗也有了某種樂趣。

這種完整的感覺是洗碗機不能取代的，因爲在這一連串的儀式中，她終於證明自己獨立，正式擁有廚房的主權了。

—後記—

善意如此得來不易

「好羨慕你啊，竟然敢生氣。」

朋友說著她旅行時被人欺負，我說應該罵對方一頓，一向堅強的朋友不禁發出這樣的感慨。呃，但我這種馬後炮的憤怒，一點用都沒有啊。

雖然說到底，世上大部分的情緒都是沒用的。

她說在那段旅途，總是覺得很抱歉，可能是自己做錯了什麼，竟從來沒想過要生氣。我說：「不然，我來替你生氣好了。」

她聽到這句話就笑了，那笑容更像是哭了，大概是因爲自己終於被理解，也或許她一直在等待，有個誰來教她生氣。有時憤怒是力量。當下我們雖然還不能理解整個事件，更別說是原諒，但容許自己生氣也很重要，這是相信自己的第一步。

「爲什麼你敢生氣呢？」她問。這個問題問倒了我。

是啊，到底爲什麼呢？

我想是因爲我有個會爲我生氣的媽媽。

不管是跟鄰居孩子打架、考試失利、對決撿破爛老太太……我媽不見得會出門跟人理論，但至少會讓我把故事說完。後來我才知道，大多數的家庭不是這樣，父母不會打從內心聽小孩說話。

因爲問了媽媽也不知道，我對這個世界總是充滿好奇。如果獲得了新知識，還可以回家告訴她。就算玩得髒兮兮的、跌倒了，我也不會挨罵，媽媽會跟我一起罵地面的坑洞，要我下次小心點就好。我一度以爲因爲她是移民才這樣，但我發現她能不被他人無謂的想像綁架，爲我創造了試誤、冒險的空間，需要多強的心臟與多大的善意。善意如此得來不易，我們不如以生氣代替——知道這世上有人爲你生氣，一切好像也就不那麼糟糕。

《我媽的寶就是我》這本書的開端，是走入歷史的中時副刊三少四壯集專欄，感謝當時主編簡白的邀稿、編輯庭安的聯繫、主編邱祖胤的收尾，還有同期作者神小風、祁立峰、李柏青輪番頂著專欄這片天。二〇一六年到二〇一七年這一年，我追趕著每週一千字的截稿節奏，像是大規模開採油井，不管什麼題材都寫，不然絕對趕不上死線。上班、採訪、逐字稿、週末寫專欄還有長篇小說要結案——聽起來像是地獄之火，但修羅場是我的遊樂場，回頭發現不離不棄支持我的主題，只有這兩個：寫作，以及媽媽。

二〇一九年跟媽媽回到印尼老家，但我的所見所聞依然有限，接下來想挖掘加里曼丹更多的故事。二〇二〇年二月，我應楊牧基金會之邀到花蓮東華大學駐校，在新冠肺炎的陰影下，我意外地像是來鄉間避難，認識了許多未曾想到的朋友，也結識來自山口洋的姊妹，讓這個題材塵埃落定。

這是我的第五本書，感謝劉揚銘在寫作路上同行，助我跨出這小小的一步。感謝總編輯葉怡慧的俐落與耐心，感謝編輯小世誠懇又直接的溝通，以及行銷企劃黃怡婷，我們的相遇確實是久別重逢。感謝插畫家一球，爲這本書創造了如此獨特的動態視角。感謝美術、校對、印務、業務，以及諸位懷抱善意的推薦人。

這本書獻給我的母親吳彩珍、我的先生白樂惟、貓咪毬咕和嚕嚕，以及離世多年的我爸，謝謝你們一直都在。獻給每一個閱讀至此的朋友，容我以友人的話作結，「願我們皆能帶著幽默感與從容在暗處行走，然後看見光亮與愛。」

好吧，就算沒看到光亮與愛，起碼我們看見了彼此。

我媽的寶就是我

作者　陳又津 YuChin Chen
發行人　林隆奮 Frank Lin
社長　蘇國林 Green Su

出版團隊
總編輯　葉怡慧 Carol Yeh
企劃編輯　鄭世佳 Josephine Cheng
責任行銷　黃怡婷 Rabbit Huang
封面裝幀　木木Lin
封面插畫　一球 INO LAI／LAI YU-CHENG
版面構成　黃靖芳 Jing Huang

行銷統籌
業務處長　吳宗庭 Tim Wu
業務主任　蘇倍生 Benson Su
業務專員　鍾依娟 Irina Chung
業務秘書　陳曉琪 Angel Chen
　　　　　莊皓雯 Gia Chuang
行銷主任　朱韻淑 Vina Ju

發行公司　精誠資訊股份有限公司
　　　　　悅知文化
　　　　　105台北市松山區復興北路99號12樓
訂購專線　(02) 2719-8811
訂購傳真　(02) 2719-7980
專屬網址　http：//www.delightpress.com.tw
悅知客服　cs@delightpress.com.tw
ISBN：978-986-510-068-1
建議售價　新台幣320元
首版一刷　2020年05月

國家圖書館出版品預行編目資料

我媽的寶就是我／陳又津著. -- 初版. -- 臺北市：精誠資訊,2020.05
面；　公分
ISBN 978-986-510-068-1（平裝）
863.55　　　　109004705

建議分類：華文創作、散文

本書若有缺頁、破損或裝訂錯誤，請寄回更換

Printed in Taiwan

dp 悅知文化 Delight Press

線上讀者問卷

閱讀時眼睛舒服嗎？拿久了會覺得手痠嗎？
茫茫書海中，你能與這本書相遇，絕非偶然。
想知道你喜歡哪些內容？
小小聲問，喜歡這本書的包裝與封面設計嗎？(我們很喜歡)

悅知夥伴們有好多個為什麼，
想請購買這本書的您來解答，
以提供我們關於閱讀的寶貴建議。

請拿出手機掃描以下 QRcode
或輸入以下網址，即可連結至本書讀者問卷

https://bit.ly/3ajqHYN

填寫完成後，按下「提交」送出表單，
我們就會收到您所填寫的內容，
謝謝撥空分享，
期待在下本書與您相遇。

我媽的寶就是我
★媽寶艦大推薦★